通胀背景下的衍生品市场

——第六届期货暨衍生品论坛

王建平／主编

陆倩 柳艺 苏英／副主编

中国经济出版社
CHINA ECONOMIC PUBLISHING HOUSE

北 京

图书在版编目（CIP）数据

通胀背景下的衍生市场：第六届中国（北京）期货暨衍生品论坛/王建平主编
北京：中国经济出版社，2011.10
ISBN 978 – 7 – 5136 – 1083 – 4

Ⅰ.①通… Ⅱ.①王… Ⅲ.①金融衍生市场—文集 Ⅳ.①F830.9 – 53

中国版本图书馆 CIP 数据核字（2010）第 199528 号

责任编辑　杨　扬
责任审读　李　博
责任印制　常　毅
封面设计　华子图文设计

出版发行　中国经济出版社
印 刷 者　三河市佳星印装有限公司
经 销 者　各地新华书店
开　　本　710mm×1000mm　1/16
印　　张　10.25
字　　数　172 千字
版　　次　2011 年 10 月第 1 版
印　　次　2011 年 10 月第 1 次
书　　号　ISBN 978 – 7 – 5136 – 1083 – 4/F·9056
定　　价　40.00 元

中国经济出版社 网址 www.economyph.com **社址** 北京市西城区百万庄北街 3 号 **邮编** 100037
本版图书如存在印装质量问题，请与本社发行中心联系调换（联系电话:010 – 68319116）

目　录

第四部分

前言

由场外衍生品市场引发的金融危机正在演变为全球经济危机，而且有越演越烈的趋势，通货膨胀与经济停滞是这场危机的重要特征。金融危机的爆发源自场外衍生品市场，而解决经济危机带来的滞胀风险，则需要发展场内衍生品市场。

2011年世界经济引人关注：第一，以美国为代表的西方主要经济体增速全面下滑，出口下降、消费不振、失业上升，而各国为拯救经济采取的刺激性政策又导致通货膨胀，物价上涨，一些国家甚至出现社会动荡局面，比较典型的就是今年爆发的英国骚乱事件；第二，金融危机导致美国和欧洲一些国家财政赤字大幅攀升，债务增加但是偿债能力急剧下降，进而引发债务危机。美、欧等国家发生的主权债务危机如果不能得到根本解决，全球信用体系有被摧毁的风险；第三，美国的量化宽松政策及主要经济体的刺激性政策，导致美元大幅贬值，进而导致全球资产泡沫严重，金融资产和以能源、原材料及农产品为代表的大宗商品价格剧烈波动，实体经济在经营中面临着越来越大的风险；第四，中国经济继续保持高速增长，正在逐步成为世界经济的"火车头"。但是中国经济也面临着严峻考验，一方面外部经济环境恶化，另一方面内部通货膨胀压力较大，而宏观调控引发的社会资金短缺又使经济增速有下滑的风险。如何在保增长与控通胀之间寻求平衡，考验着中国宏观决策层的智慧。

由场外衍生品市场引发的金融危机，归根结底还是要通过场内衍生品市场来解决。中国期货市场已经走过了20个春秋，取得了辉煌的成绩，期货市场服务国民经济的功能作用正在日益显现。有理由相信，以期货市场为代表的场内衍生品市场将在对冲资产价格波动风险、稳定国民经济方面发挥更加重要的作用。正如中国期货业协会会长刘志超先生所说："2008年国际金融危机以来，期货市场的高透明性、高流动性、低信用风险等诸多制度优势得到充分肯定,发展以期货期权为主的场内衍生品市场开始成为社会各界的广泛共识,场外交易集中清算问题也越来越被监管部门关注和被市场参与者接受。从国内背景的角度来看,关于中国经济的持续发展、特别是针对经济发展方式的转变、如何进一步提升经济运行质量和实现可持续发展等问题上的诸多有益探讨和研究,为进一步推进大宗商品期货市场和金融衍生品市场的发展提供了广阔的空间。"

2011 年 5 月,北京期货业成功举办了"第六届中国(北京)期货暨衍生品市场论坛",核心议题就是"通胀背景下的衍生品市场"。论坛邀请了国务院发展研究中心、北京大学、中国证监会、境内外期货交易所、专业院校等权威人士以及行业学者,针对国际经济发展形势、期货公司创新业务、期货交易信息技术等目前行业热点问题,分别从通胀背景下的衍生品市场、期货业务创新、股指期货、期货交易技术支持等方面展开讨论,目的是通过深入探讨,加强交流和学习,抓住期货市场面临的新机遇和挑战,促进我国期货以及衍生品市场进一步发展。

北京证监局局长王建平先生判断:"当前期货市场正处于从量的扩张到质的提升转变关键时期,站在新的历史起点上,进一步推动期货市场改革发展,这面临着难得历史机遇。今年是'十二五'开局之年,做好 2011 年期货监管和发展工作,对于高起点、高质量实施'十二五'发展规划具有十分重要的意义。"

在第五届期货高管年会即将召开之际,北京期货商会把春季衍生品论坛的中外专家的精彩演讲整理成书,作为礼物送给参加高管年会诸位嘉宾,希望能够为大家对中国期货市场未来发展的探索和认知有所裨益。书中演讲稿均为录音整理,因时间仓促,有不妥或者遗漏之处,敬请同志们谅解并批评指正。

特别感谢一直以来支持中国期货事业的中国经济出版社。

第一部分

抓住机遇
提升期货市场服务国民经济的能力

中国期货业协会会长　刘志超

中国期货市场已经发展了将近 20 年,特别是在"十一五"期间,中国期货市场取得了非常重大的成就,主要表现在期货产品创新的有序推进,期货市场规模的逐步增长,法制体制等各方面环境的日益完善,以及全行业抗风险能力的显著增强。期货公司专业化服务水平也有所提高,整个市场功能作用在逐步显现,特别是在国际市场上的影响力也在与日俱增,中国期货市场已经成为我国金融市场的重要组成部分。

当前中国的期货市场正处于由量变向质变转化的关键时期。站在新的起点上,我国期货市场既面临着战略发展机遇期,同时也面临着前所未有的挑战。从国际背景的角度来看,2008 年国际金融危机以来,期货市场的高透明性、高流动性、低信用风险等诸多制度优势得到充分肯定,发展以期货期权为主的场内衍生品市场开始成为社会各界的广泛共识,场外交易集中清算问题也越来越被监管部门关注和被市场参与者接受。从国内背景的角度来看,关于中国经济的持续

1

发展、特别是针对经济发展方式的转变、如何进一步提升经济运行质量和实现可持续发展等问题上的诸多有益探讨和研究,为进一步推进大宗商品期货市场和金融衍生品市场的发展提供了广阔的空间。

同时,随着资本市场改革和金融改革的深入,金融机构对利用市场化机制进行金融资产定价和风险管理的需求也日益强烈。发展金融期货市场的条件也不断在成熟,十二五纲要当中更进一步明确提出要"推进期货和金融衍生品市场发展","促进证券期货机构的规范发展",这充分体现了国家对期货市场改革发展的肯定、期望和要求。可以说,当前中国期货市场发展的内在基础逐步夯实,外部环境也日益优化,这些都为进一步推进我国期货市场发展提供了良好的机遇。期货市场已经初步具备了在更高层次上服务国民经济和经济发展方式转变的基础和条件。

然而,我们也应该清醒地认识到,当前仍然存在着较多影响期货市场发展的不确定因素,改革发展面临严峻的挑战。从外部环境来看金融危机的深层次影响仍没有得到根本消除,全球结构和需求结构均出现明显变化。围绕着市场、资源、人才技术等方面竞争更加激烈,气候变化以及能源资源安全,粮食安全等全球性问题更加突出。美国推行量化宽松的货币政策在一定程度上加剧全球流动性的泛滥,加大了世界经济和国际金融形势的不确定因素。从我国内部环境来看,由于国内通胀预期持续维持高位,国家稳定物价总水平的宏观调控政策将进一步强化,因此期货市场平稳运行的压力也日益增大。我国现货市场价格体系尚不够完善,企业参与期货市场还存在很多政策、体制等方面的制约,使得期货市场新兴加转轨阶段性特征非常突出。

另外,从我国市场自身来看,市场投资者结构尚不合理,现货企业和机构客户参与度比较低;期货价格的真实性、连续性、权威性还远远没有达到市场要求,多数上市品种的功能和作用还有待于进一步发挥;整体行业人才数量仍然不足,质量也亟待提高,急需专业人才更加匮乏;信息技术支持保障能力还不能完全满足市场需求;期货公司专业化服务水平也还远远难以满足企业、产业和实体经济发展的需求等等,这些问题都将在一定时期内制约我国期货市场功能和作用进一步发挥。

因此,无论从外部环境还是从市场自身方面发展来看,中国期货市场都还存在着亟待解决的问题。古人云"生于忧患死于安乐",中国当前期货市场既有机遇,又有挑战,我们既要坚定信心,抓住有利时机,积极推动解决制约市场发展深层次体制、机制问题,更要增强忧患意识,勇于直面挑战,加深转型时期改革路径的研究分析,不断提高期货市场服务国民经济的能力和水平。

就上述问题,我提出以下三方面观点:

首先是如何正确看待当前市场的问题。

当今中国的期货市场与数年前相比已经发生了重大变化。作为一个风险管理市场,在转变经济发展方式中如何为实体经济服务的作用已经越来越被市场各方面关注。特别是今年以来,在国家稳定物价水平的宏观调控下,监管部门陆续出台一系列打击过度投机、防范市场操控的措施,使得现有市场运作方式发生变化,这也直接影响到期货市场参与者的实际利益。对此,我们要有正确的认识,应该明确打击过度投机,防止市场操作,守住不发生系统性风险的底线,是中国期货市场健康稳定、持续发展的内在要求。

我国期货市场实现从量到质的转变,关键点在于其市场功能的发挥方面。特别是在市场资源配置中,期货市场如何正确地体现价格引导作用,这就必须改变我们过去市场依靠交易量和手续费短线发展方式,市场发展有内在规律,又有客观环境等诸多因素影响,既有国际大环境影响,又有国内宏观经济政策调整的影响。作为市场参与者主要的中介机构,必须审时度势,苦练内功,不断提高专业化水平,为客户提供高附加值产品和服务,期货公司才可能得到持续发展,才可能逐步建设成为具有核心竞争力的现代金融企业。

二是如何重视期货行业发展过程当中中高层人才在对市场把握能力方面的认识。

一般有些说法,叫思想决定高度,高度决定视野,视野决定战略。期货公司的发展水平我认为从根本上来讲,还是取决于人的因素,尤其是期货行业中高级管理人才对期货市场整体把握方面。当前面对复杂的国际国内形势,作为期货公司的管理人员,应当关注市场发展过程中不断出现的新情况、新事件,认真分析在期货市场有量变到质变过程当中,深刻认识转型时期可能遇到的问题,以及可能应该抓住的机遇,不断学习国际成熟有益经验,正确处理好局部和整体,眼前和全局的利益,应该立足于长远,把握全局,拓展视野,系统地、科学地规划出我们的战略和方针,探索出符合自身特点的发展战略、管理理念和经营业务模式。在这方面,特别是在通胀背景下,中国期货市场的发展有赖于期货公司的高层管理人员,特别是期货公司的主要负责人,在这方面要有这种意识,要有这种超前的思考。

三是在期货市场发展过程当中要努力通过强化期货行业的诚信文化建设,营造期货行业持续、稳定、健康、发展的良好氛围。

　　尚主席在中国期货协会第三次代表大会当中说,守法合规经营是根本,合规文化应该成为期货公司核心竞争力的重要组成部分,只有合规经营才能取信于客户,取信于社会,才能赢得良好的经营环境。

　　在我国期货市场发展的过程当中曾经因为失信和盲目无序发展,给行业带来负面影响。面对转型时期,在新的发展阶段,我们应该认真思考这个问题,要完善自律管理制度和约束机制,维护行业公平竞争,这些方面要从思想上提高认识。行业协会也将通过诚信文化建设进一步完善行业的自我约束机制,通过这种自我约束机制的开展,推动形成行业诚信秩序良好形象,建立公平有序的竞争环境,为期货公司做优做强,提供良好的专业化水平创造氛围,使期货公司在更高水平上服务国民。

　　各位来宾,今后一段时期是我国加快转变发展经济方式重要时期,也是中国期货市场由量变到质变重大机遇期。让我们珍惜和抓住机遇,沉着应对挑战,不断提高期货市场在国民经济发展当中的服务水平和层次,为中国经济的发展做出我们应有贡献。最后,预祝本届论坛取得圆满成功,谢谢各位。

合规经营
创新服务理念 促进期货市场健康发展

北京证监局局长　　　王建平

各位来宾,女士们,先生们,上午好! 值此股指期货成功上市一周年之际,作为期货行业同仁年度定期性交流活动,我们在这里举办第六届中国(北京)期货暨衍生品市场论坛,本届论坛以"通胀背景下的衍生品市场"为主题,邀请了国务院发展中心、北京大学、中国证监会、境内外期货交易所、专业院校等权威人士以及行业学者,针对股指期货上市一周年、期货公司投资咨询业务开展、期货交易信息技术等目前行业热点和焦点,分别从通胀背景下的衍生品市场、期货业务创新、股指期货、期货交易技术支持等方面展开讨论,目的通过国内外行业同仁的深入探讨,总结经验,探讨合作,抓住期货市场面临的新机遇和挑战,促进我国期货以及衍生品市场多方参与共赢。

借此机会,我代表北京证监局向出席论坛各位领导、各位嘉宾和新闻界朋友表示最诚挚欢迎,也对境内外专家对北京证监局工作的支持表示诚挚地感谢。随着社会主义市场经济体系逐步完善和资本市场改革发展不断深入,经过20年探索发展,我国期货市场逐步进入了稳定健康发展,市场功能日益显现,在服务国民经济和实体产业过程中发挥了日益重要的作用。

刚刚结束的"十一五"时期,是我国期货市场发展史上改革力度大,经受考验多的5年,也是市场发展最快,取得成就最大的5年。5年中我们深入贯彻党中央国务院稳步发展期货市场的决策部署,坚持以科学发展观为指导,不断深化对国际衍生品市场普遍规律和我国期货市场发展阶段特征的认识,坚持不懈地加强法规基础制度建设,牢牢守住不发生系统性风险的底线,稳妥有序推进产品创新和业务创新,强化市场培育,凝聚社会共识,推动期货市场改革发展迈上新的台阶。

刚才刘志超会长介绍了全国期货市场和期货行业发展的情况,我想也顺便介绍一下过去5年北京期货行业基本的一些变化。作为全国6大期货市场之一,应该来讲北京行业的发展和市场的发展,和全国市场基本上是同步的。一个方面是,北京期货行业和市场交易的规模取得明显扩大。在这5年中,北京辖区市场交易量、成交金额、客户保证金和投资者开户数分别增加11倍、26倍、11倍和14倍。第二个行业历史上遗留一些风险,基本上得到化解,行业的合规程度明显提升。我想这一点应该来讲,业内也是有目共睹。三是整个行业的财务状况明显改善,各项业务指标也是居于全国行业前列。四是期货行业在北京金融业地位,我觉得逐步显现,行业的吸引力也明显扩大。我想这个应该是跟全国行业的发展及市场的发展是同步的。

当前期货市场正处于从量的扩张到质的提升转变关键时期,站在新的历史起点上,进一步推动期货市场改革发展,这面临着难得历史机遇。今年是"十二五"开局之年,做好2011年期货监管和发展工作,对于高起点、高质量实施"十二五"发展规划具有十分重要的意义。

今年一季度尽管受到宏观调控一定影响,全国期货市场仍然保持良好的态势,北京辖区也与全国一样,一季度累计成交量0.77亿,同比当然是下降了28%。但是累计成交额同比增长了31%,期货公司的收入达到3.27亿元,净利润将近1亿元,环比和同比分别增长22%和36%。在整个行业和全国各行业都在回顾"十一五"发展成绩,研究"十二五"发展规划的时候,证监会近期在杭州专门召开了一次期货监管工作的会议。在这个会议上证监会对过去5年工作进行了总结,我们有哪些经验可以继续坚持,也对整个行业包括监管工作下一个5年面临的任务进行了部署。

在这次会议上尚福林主席提出,期货市场和期货行业面临一个新的历史转折点。我们在下一步要推动期货市场实现有量的扩张到质的提升,以及期货市场更好的服务资本市场改革和经济社会发展全局这样两个核心主题。所以,我觉得期货市场在今后一段时期,要为国民经济对冲风险和平滑宏观经济调控避免大起大落上,做好一些机制和平台支持。这里我也对辖区期货行业提出三点期望,我想也是本次论坛主旨。

第一,要认真分析国内外宏观经济形势的变化,深刻把握宏观经济政策变动的趋势,提高使命感和责任感,大胆创新,加快发展,进一步开创北京期货市场发展的新局面。

第二,创新服务理念,进一步以传统业务的创新和新的业务创新为契机,提升行业参与和服务国民经济的能力。刚才刘志超会长也介绍,期货行业在参与国民经济能力还比较欠缺,业务范围也比较有限,这些都需要改进和提升。需要辖区机构借助期货业务开展,提升自身专业服务能力,为实体经济提供更优质服务,从而提升期货市场服务国民效能。协会也要求理论界和一些研究所的专家,共同讨论市场热点问题,希望能够对行业把握创新方向起到一些推动作用。

第三,以合规经营和风险防范为切入点,进一步落实期货市场基础建设的各项要求。我们也希望业界人士,通过此次论坛能够总结和借鉴行业一些好的经验和管理做法,根据运营经验在管理中加强期货公司内控管理、制度和技术建设,提升公司抗风险能力。

这次会议是期货衍生品市场论坛举办以来第六届,从最初信息技术应用,到后来股指期货和资产管理等专题,论坛主题不断与时俱进,紧扣行业发展步伐,并以专业性、前瞻性吸引业界同仁普遍关注。我希望参会的境内外专家继续保持对北京期货商会这个论坛的支持和关注,也希望期货业同仁能够通过论坛交流抓住发展机遇,积极拓展发展思路,创新服务理念,为北京期货市场和社会经济发展做出更大贡献。

最后,预祝论坛圆满成功,谢谢大家。

加快创新
推动期货行业发展进步

北京期货商会会长　王仲会

　　一年一度北京辖区组织的衍生品会议能够如期召开,非常感谢刘志超会长代表行业协会每年对我们的大力支持,并在论坛上做出高屋建瓴的精彩演讲;非常感谢北京辖区的主管领导——北京证监局的局长、副局长,以及我们主管部门在繁忙工作中抽出时间和精力来参加会议,给出很多指导意见。

　　6年前北京辖区即从市场需求出发,针对股指期货推出后对IT技术等形成挑战等课题,尝试着开办了期货衍生品论坛,解决股指期货推出后对服务模式、IT技术带来的挑战等难题。通过衍生品论坛,针对IT技术等相关课题,汇聚了来自于政策管理方面意见,也汇集了行业内部的管理体会,同时也学习一些IT行业方面先进经验。这个衍生品论坛,在6年前是我们的一个简单的尝试,没有想到经过6年的沉淀,随着课题研究的不断深入,发展到今天这样一个规模。

　　在北京辖区范围内,希望借助这样一个机会打造一个融合国内外开放的论坛,探讨中国期货衍生品市场发展所面临的各种疑难问题。这样一个开放平台,能够汇集到来自我们监管层面各种意见,也能学习到来自于各方面专家长期研究一些成果,同时也能聆听到来自于具有从业经验的期货行业高管及期货交易所人士等的意见。这样的衍生品论坛,能够汇集来自各个方面的成果和意见。

　　同时,希望借助这个平台,能与国内外同行业增进交流,特别强调的是与金融相关其他行业交流IT技术方面的一些成果。通过交流,能够把一些好的思想、好的经验、好的观点进行交流和汇集,并通过衍生品论坛的平台把这些资源合理引导,或者应用到中国金融衍生品市场发展中,推动我们衍生品市场的发展,特别是推动我们北京辖区里面的衍生品市场健康持续的发展。

　　我们大家都知道发展衍生品具有很大的挑战性,我们北京商会在研究这个问题的时候,感觉两个很关键的问题一直制约着我们。第一是创新,目前我们的期货行业正面临各种新的政策、各种行业新情况、各种不断变化的国际新形势的冲击。这是我们以前，或者从业过程当中没有碰到的，很多新问题在挑战我们。怎么应对这个事情呢？大家汇集各自研究观点，打造一个开放的平台，通过不断地通过创新来适应这种新的形势，尽量少犯错误，少走弯路，使我们整个行业能够在摸索中通过创新来化解风险，解决我们所面临各种各样的难题。

第二，光有理论上的创新还是不够的，我们希望我们的创新，能够不断总结出来经验和应对之策，通过IT技术和信息化的手段能够使之成为我们实际操作层面中的有力有效的工具。

一年一度的北京辖区的论坛，这两个主题一直是我们一个固定主题。大家从我们的论坛中也可以看到，我们这个论坛除了围绕着主题之外，我们是和媒体以及工信部主管的赛迪公司，一直保持着密切的合作，赛迪公司在IT技术方面一直有着很好的经验，也有着国内外良好业界关系。

我们通过这种联合举办会议，也是希望把国际上成熟的，或者最新的IT信息化技术引导到我们衍生品发展过程中来，为衍生品市场提供了良好的工具。希望我们每年的这个会议，能够不断地进步，能够为行业的发展起到一定的推动作用。我代表北京期货商会感谢多年来各界的领导，各界的朋友，和各界人士积极关怀支持和积极地参与，谢谢各位。

中国宏观经济分析与展望

国务院发展研究中心宏观研究部部长　余　斌

各位领导、各位来宾,上午好! 今天我们会议讨论的主题是"通胀背景下的衍生品市场",要表达的是宏观经济形势,以及其所决定的宏观经济政策对我们期货及衍生品市场所产生的影响。我主要想跟大家说一说我对今年中国经济发展的趋势,谈点我简要的看法。应该说,今年以来在宏观经济领域,不同地学者站在不同的角度,分析和预测的结果都是有很大差距的,我这里只是说说我的看法。

去年年底和今年年初所确定的今年宏观经济政策以及它的政策目标,从政策目标来说,今年仍然是三大目标:处理好保持经济平稳较快发展、调整经济结构、管理通胀预期的关系,也就是说宏观经济政策要同时关注和锁定这三大目标。由于今年是"十二五"的开局之年,而"十二五"确定要以转变经济发展方式为主线,怎么转变经济发展方式呢? 在"十二五"规划当中讲,以国民经济结构战略性挑战作为转变经济发展方式的主攻方向。因此,今年一方面要保持经济平稳较快发展,一方面要管理通胀预期,同时要调整经济结构。

在处理这三者关系中,今年年初两会着重强调了要更加注重物价水平的稳定,防止经济出现大的波动。这是一个典型的两难目标,我们要有效控制通胀,要稳定物价总水平,我们就可能需要采取进一步紧缩的财政货币政策。但另一方面,如果我们采取进一步紧缩的财政货币政策,经济出现大幅波动风险将会进一步增加。

今年的经济增长,由于核算口径的原因和短期库存调整,今年一季度我们从需求侧和供给侧所观察到的经济性态势存在明显的差异,这是今年一季度以来出现的情况。我们看到了一季度出口的增长是大幅度下降的,消费的增长下降的幅度更大。但是,消费我们所说的是社会消费品零售总额,社会消费品零售总额和国民经济核算中的居民消费存在重大差异,社会消费品零售总额包含了销售的企事业单位销售给政府的销售品,社会消费品总额当中没有计算居民消费中用于服务业的支出。

所以,需求下降的幅度是很大的,但是整个生产又是相对稳定的。生产相对稳定,我们认为是短期库存调整的结果。由于很多的企业都持有通胀预期,在通胀预期不断增强的情况之下,导致短期库存大幅度增加,由此带来从生产侧所观察到的经济运行相对平稳,当然这种差异从国家统计局公布4月份数据来看,需求和供给之间的差异有所缩小。

总体来讲,我们认为需求增速会有所放缓,但整个经济运行大体上会保持平稳的态势。我们预计今年全年经济增长跟去年相比会略有降低,去年我们GDP增长是10.3%,我们预计今年大体上要下降一个百分点左右,全年增长达到9%左右。经济增长小幅回落,如果处在9%左右的话,我们认为仍然处在一种正常合理地范围。

而且跟去年相比各季度之间增速的落差相对较小,去年从季度经济增长的情况来看,最高水平发生在一季度,当季经济增长11.9%,最低出现在三季度只有9.6%,季度之间经济增长落差很大。我们认为今年各季度之间,经济增速落差要跟去年相比会明显缩小,经济性的平稳型有所提高。

1-4月份我国出口增长仍然维持相对较高水平,应该来说这是很不容易。一方面世界经济仍然处在一个相对缓慢的复苏过程当中,另一方面国内生产成本大幅度提高,再加上人民币汇率升值。在这样的情况之下,我们能够实现27%的出口增长是很不容易的。当然,这个增长跟去年相比出现了比较大幅度的回落,我们认为去年出口的高增长是在2009年负增长基础上实现的,因此今年出口增幅回落符合预期。实际上我们从近十年来的情况看,今年1-4月份出口增长,基本上处于一个正常水平。

国际市场大宗商品价格高起,进口商品价格涨幅远远高于我们出口商品价格的涨幅,从而使我们大多数出口企业所面临的贸易条件在不断恶化。进出口规模将有所降低,一季度是比较特殊出现10亿美元贸易逆差,当然4月份有所好转。我们预计全年出口增长将在20%左右,贸易顺差有望收窄至1400亿美元左右,延续过去两年贸易更趋于平衡态势,我们认为今年会进一步下降到2左右,这使得国际收支状况进一步得到改善。

从投资的情况来看,1-4月份固定资产投资增长21.4%,而且增速逐月增高的态势。但是值得庆祝的是,新开工项目计划总投资同比下降1.1%,我认为货币政策紧缩力度不断加大,对下一个时期投资的稳定增长将会产生明显的负面影响。从房地产投资来看,占整个投资比重四分之一,25%受调控政策影响,房地产成交量萎缩，房价下降预期增强，市场主导房地产投资的增长将会出现明显回落。

另一方面，今年计划投资1.3万亿，建设1千万保障性住房，保障性住房按按计划实施，也会弥补房地产调控引发市场投资大幅度下降。总体而言，今年房地产投资会稳定在一个相对较高的水平上。值得注意的是，一块钱保障性住房投资，和一块钱商品房投资相比，一块钱商品房投资相当一部分购买土地，而保障性住房当中用于购买土地明显下降。所以，一块钱保障性住房对经济增长拉动要明显大于同样规模的商品房投资对整个经济的拉动。

电力和热力投资增长降低，1－4月份只有4%增长，这和去年节能减排力度较大，及电力行业利润持续下降有关，随着电力需求回升，投资将会逐步回暖。前两年实施4万亿经济刺激计划部分投资项目后续工程还会继续实施，今年作为"十二五"开局之年，不少新开工项目也会启动，今年所确定一些重点——水利、高铁也将保持快速增长。我们预计今年投资增长大体上应该维持在24%左右。

消费的增长下降的幅度较大，如果我们把今年社会消费品零售总额的增长扣除价格因素，来比较去年与今年同期增长，消费实际增长下降幅度很大。这主要是由于受汽车消费刺激政策退出，原油价格上涨，一线城市像北京治理交通拥堵等因素的影响，汽车消费从前两年高速增长转入正常增长轨道，房地产市场调控以及限购政策实施，与房地产有关装修，家具，家电消费需求也呈下降趋势，这是大幅度下降的主要原因。

在今天社会消费品零售总额当中，50%与居民住行消费有关，而且是社会消费品零售总额当中增长最快部分。今天我们买房买车都受到一些新的因素影响，当老百姓买房买车的步伐明显放缓以后，意味着社会消费品零售总额的实际增长将会出现大幅度下降趋势。我估计这一点，对于今年北京的经济增长产生的影响也要远远大于其他地区。因为北京对买房买车限制措施，可能是全国最严厉的。

历史经验表明，我国居民消费增长总体上是稳定，我们换个角度，换成国民经济角度来看，即使在金融危机发生的时候，中国居民消费都是稳定。考虑今年政府转移性支出、补贴增加、劳动工资上升以及个人所得税改革等有利因素，可以基本排除2011年城乡居民消费支出增长大幅下滑可能性，我们认为仍然还会稳定在一个合理水平上。

另外一个就是关于物价问题，物价涨幅将出现前高后低的态势。现在国际社会广泛认为,中国是全球通货膨胀罪魁祸首。在 10 年以前当全球面临通缩的时候,也有相似观点,说中国是全球通缩的罪魁祸首。我们现在正在分析和回答这个问题,中国出口产品价格上升,从成本来说,主要是劳动力工资的上涨,也只有劳动力工资上涨,居民的购买能力提高,中国的发展方式才能转变,中国经济的内外平衡才能出现,导致国际金融危机全球经济不平衡的情况才能缓解。

中国经济的调整,劳动力工资提高,消费的扩张,既是中国经济未来发展所需要进行的调整,同时也是全球经济调整的一个重要组成部分。人民币汇率升值,这也是国际社会希望中国做到的。今年以来,当中国劳动力工资上涨了,人民币汇率升值,导致中国出口产品价格上涨的时候,国际社会又批评中国是全球通胀的罪魁祸首,我们认为这一点是站不住脚的,即使中国出口产品价格有一定幅度的上涨,那么对于下一个时期,中国或世界经济的稳定增长,我们认为这个调整都是必需的。

那么从涨价的原因来看,我认为有以下两个方面是值得注意的。一点,2010年以来,制造业工资大幅度上涨,由于过度竞争、恶性竞争、资本替代劳动等技术进步,制造业最终产品价格难以同步上涨。今年,一方面制造业产品价格出现了不同程度的上涨,原来我们认为制造业是过度竞争,恶性竞争,所以制造业的产品价格一直是下降的,比如汽车,彩电,冰箱这些东西也是一直下降的。但是今年以来,由于原材料劳动成本大幅度上涨,超过很多制造业产业的承受能力,所以他们的最终产品价格也开始上涨,这是问题的一方面。

另一方面工资上涨,逐步从制造业向服务业、种植业、养殖业传导,当这些行业劳动力成本大幅度上升之后,带来生产成本的提高和价格上涨,这是第一点。

2009 年中国、美国人工成本占比(%)

	中国	美国
稻谷	33.2	7.8
小麦	25.7	9.2
玉米	35.0	5.1
大豆	27.4	5.3
棉花	50.2	6.9

第二点原油、煤炭价格处在高位或者还继续上涨。原油的价格最近有所回调,昨天公布价格已经低于 100 美元,跟去年相比仍然处在很高水平,煤炭价格还在上涨过程当中。而成品油、电力价格调整之后,由此带来的"油荒"和"电荒"问题都在突出,对于生产发展和人民生活都将产生影响。成品油、电力价格

及时、合理调整,是保障供给的有效手段,怎么从根本上消除油荒和电荒,我们认为最关键要发挥价格机制的调节作用。如果煤的价格大幅度地上涨,但是电力一直要维持一个低的定价,当发电企业大面积高损的时候,电企业就会做一定"手脚",就会出现全国性的电荒。在这样的情况下,保证电力幅度价格上涨来应对煤价上涨,我们要通过供给来稳定煤价措施。

无论是成品油价格上涨,还是电力价格上涨,都会对整体物价水平产生影响。之所以成品油和电力价格调整,或者一直没有调,或者调整不到位,也是考虑到电力和油价价格调整之后,会对今年 CPI 的整体稳定造成影响。在这样的情况下如果出现全国性的油荒和电荒,我们所付出的代价更大。在这样的情况之下,理顺油、电的价格,会付出通胀进一步加重的代价,但是我们认为这个代价要小得多。

因此,我们建议在成品油和煤的价格调整上,还是应该发挥市场机制的作用。当然,在此情况之下,给一些特定群体增加一些补贴,同样我们认为也是必要的。比如像北京,如果我们成品油价格大幅度上涨,出租车是不是还要增加它的费用呢,我们现在付两块钱,我认为是没有必要的。我们可以通过降低出租车汽车公司的管理成本来降低出租车运营成本,来抵消油价上涨,不同的行业都应该采取不同办法。

当前,我国物价上涨压力仍然较大。我们认为现在还很难说物价涨幅已经达到顶点,我们还没有看到峰值和拐点,经济增长同时也承受下行压力。从 4 月份数字大家已经看得很清楚,如果 1 月份数字还存在一些疑问,4 月份工业生产下降已经非常明显。今年宏观经济政策目标一方面要控制物价,另一方面要保持经济的稳定增长,现在我们物价已经采取一系列措施,但是物价还在上涨的过程中。但是,由此我们已经付出了经济增长下降的代价。

宏观经济政策需要在"控物价"与"稳增长"之间做好宣传,尽管它的回旋余地很小。我们认为仍然要同时兼顾这两个方面,把握好宏观经济政策的时机、力度和重点,今年可能就有望实现经济增长 9% 左右、CPI 涨幅 4% 左右良好结果。我们认为如果今年经济增长 9% 左右、CPI 能控制 4% 左右,这应该是一个最佳的运行状态。反过来,如果比较差的,一方面物价持续上涨我们难以控制,比如今天物价上涨最多源于成本推动和区域性,很显然不是由于总需求过度扩张所带来的物价上涨,因为数量和价格紧缩的货币政策对于控制今天的通胀他的作用是十分有限的,但是数量和价格紧缩的政策对于抑制经济增长的作用是十分明显的。

宏观经济政策的重点也继续以控物价为核心，但同时要密切关注物价水平与经济增长的变化。在稳增长方面提前做好政策储备，这是我们认为今年我们需要在宏观经济政策上，我们需要着重把握的问题。我对于通过进一步紧缩货币政策来控制通胀的做法，持有不同的看法。我认为如果通胀是由于总需求方面出的问题，这么做是可以的。但是由于通胀主要源自于成本推动和输入型的，在这样的成本之下，无论是价格紧缩，还是数量紧缩，对于通胀本身所可能产生的作用十分有限。

但是，实体经济领域我们已经看到了出现比较大幅度滑坡风险。那么，在这样的情况之下，从三大需求来看，出口增长我们认为会低于去年，消费增长已经出现大幅度下降趋势，唯有投资增长是稳定，而且在投资增长当中更多依赖于政府对投资的支持，更主要依赖于政府支持。这样经济运行的结果，有可能带来整个市场趋向的增长会大幅度下降，经济增长更多依赖于政府的投资。我们认为这种结果，对于未来中国经济长期发展是不利的，一方面物价还在上涨过程当中采取一些措施来稳定物价是必要的。

但另一方面，我们要根据物价上涨的走势、物价上涨的特征来分析物价上涨的主要原因，采取一些针对性的措施，并同时关注经济增长方面有可能发生的新变化。在这样的情况之下，提前做好稳增长方面的政策储备，从而同时实现经济稳定发展、稳定增长与控制通胀这两个方面的目标，我们能够同时实现，谢谢。

通胀背景下的衍生品市场

北京大学数字中国研究院副院长　苏　剑

　　谢谢大家,刚才余斌部长做了一个非常精彩发言,我对他最后谈到关于中国目前货币政策,紧缩这个政策持保留态度观点非常赞同。的确,如果通货膨胀由需求一边因素引起,通过货币紧缩确实能达到这样效果,但是现在的中国通货膨胀至少有很大一部分原因是由于成本推动的,实际上我已经写了好几篇文章,在鼓吹应该用供给管理政策来解决成本推动的通货膨胀。

　　那么,供给管理政策其中一个最常见的,也比较有效的政策,我认为就是给企业减税。因为,在成本推动的情况下,给企业减税就相当于降低企业实际成本,给他留下更大利润空间,他就可以承受成本上升的压力,从而保持价格稳定。在我看来,供给管理对于处理成长通货膨胀是最契合的。问题就在于,在现在宏观调控体系里面,大家只知道需求管理,不知道供给管理,世界各国都是如此。而在中国,我觉得供给管理用起来可能更为顺手,毕竟我们是从计划经济转轨过来,计划经济就是极端形式的供给管理。这是我首先对余斌先生的一点回应。

　　下面,我们来谈一下我今天的一个发言,那就是通货膨胀背景下的大宗商品市场。余斌教授刚才谈到是国内宏观经济形势,下一位发言人谈的是国际的,我没有他们了解的那么全,我从理论的角度来谈一下大宗商品市场跟经济周期的关系。我在这里画出这样一个图,说明了产能过剩跟金融危机之间的关系。最近,这么多年来金融危机在全世界到处乱窜,从拉美国家到日本,又窜到美国等等,最近在欧洲又爆发了债务危机,虽然说不上是金融危机,但是根源都差不多,都是产能过剩。

　　那么产能过剩的结果,一般情况下会导致资金的充裕。什么意思?随着经济的发展,人们收入在增长,但是人们收入增长的同时意味着供给在增长。产能过剩为什么会意味着资金充裕?在宏观经济学里面,有一个消费倾向递减法则,人们的消费愿望随着他的收入是递减的。如果一个人收入是1千块钱,意味着他通过自己的生产提供1千块钱的产品,当他的收入是1千块钱的时候,可能把

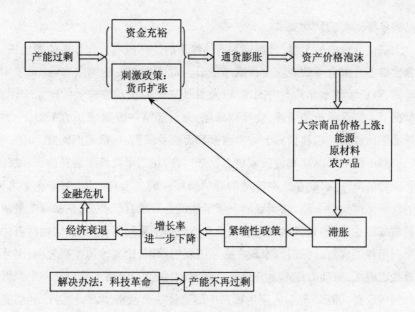

产能过剩与金融危机

1千块钱都花了,毕竟在北京这样的地方生活一月1千块钱估计活不下去。此时,他消费收入是5千,基本生活都满足了可能会存下一部分,而他存下来1千块钱就是储蓄,储蓄就成为资产市场的购买力。

这就意味着随着收入的增长,经济中的资金也就越来越充裕。只有经济已经达到一定富裕程度的时候产能过剩才能出现,毕竟对于一个穷国来说,连饭都吃不饱需求肯定够用,供给不足。所以,经济发展最终都会导致产能过剩,这个是马克思如此看,凯恩斯也是如此观点,都是讲资本社会为什么会出现产能过剩。在这种情况下失业就会出现,世界各国会采取各种措施,基本上都是凯恩斯主义政策。

现在在需求管理方面有两大类政策,一个是货币政策,一个是财政政策。货币政策它的扩张直接就导致了货币供给量上升,财政政策通过提高货币的流动速度,导致货币的使用率上升,实际上相当于货币供给量增加。最后就会导致物价上涨,这是产能过剩导致的下一个经济变动。

随着资金越来越充裕,但产能过剩的局面依然存在。所以,这些资金就只有一小部分留在消费品市场,大部分被投到资产市场,当然普通老百姓都希望对自己的资产进行保值,结果就推动了资产价格的快速上涨,最后形成资产价格泡沫。大宗商品也不例外,价格也会快速上涨,这是在经济周期第二个阶段,大宗商品和经济周期的联动关系。

大宗商品价格的上涨,会影响到实体经济的生产成本。比如说能源价格,原材料价格上升都会导致企业生产成本上升。对于那些发达国家来说,对于中国这样的,对资源依赖非常大的国家,以及对外来资源依赖非常大的国家来说,一般情况下大宗商品价格上升,会导致滞胀,意思经济一方面增长力下滑,一方面通货膨胀比较高。现在世界上许多国家都面临着滞胀,包括我们国家。

当然中国的情况比其他国家更为复杂一点,在这里我就不展开讲了。那么,滞胀说得简单一点,就是成本推动的通货膨胀。成本上升之后,对于企业来说,他的利润空间就会下降,利润空间下降了他就会缩减自己产量,在缩减产量的同时就缩减就业量,于是就出现失业上升和增长力下降局面,这是美国两次石油危机期间出现的现象。我们国家现在滞胀出现的原因,比其他国家要复杂,刚才余斌教授也说了,劳动力成本上升是一个原因,大宗资产价格上涨也是一个原因。

如何应对"滞胀"呢?大家生活在中国这样一个经济里面,应当已经感受到政府在这段时期处理滞胀的各种努力。目前,世界各国应对滞胀政策仍然是凯恩斯主义需求管理政策,我刚才说了在治理成本推动通货膨胀方面需求管理只能顾一头,顾不了两头。所以,就面临一个问题,政府的目标是对付滞,还是对付胀。如果对付滞,这里继续扩大总需求,又会加剧通货膨胀,于是就会使得资产价格进一步上涨,大宗商品价格也上涨,进一步推动通货膨胀,于是进入一个恶性循环。

如果对付胀呢?就得紧缩总需求,于是经济将进一步下滑,增长率将进一步下降,失业率将进一步上升,结果就会导致经济衰退。一般而言,随着资产价格逐步攀升,如果政府不干预最终资产价格会泡沫,会导致金融危机。但现在少有政府不干预的,因此最终都会采取紧缩型政策,这就导致经济的衰退。那么经济衰退的结果呢?经济基本面下滑,影响到股票,以及相应的衍生品市场,对能源,原材料,农产品等需求下降,影响到大宗商品市场,最终可能会引发金融危机。

从这样一个过程我们可以回顾一下,在整个经济周期中的大宗商品这个市场是怎么样运行的?首先是随着经济的增长,对大宗商品需求在上升,价格也跟着上涨。随着资金越来越充裕,价格的波动性也越来越大,因为资金多了。最后会形成资产价格泡沫,其中大宗商品价格会导致滞胀,于是下一轮危机开始。

我们回到第一张幻灯片,就给出产能过剩和金融危机的图。产能过剩导致资金充裕,产能过剩的同时一般情况下也意味着失业率比较高,政府就采取扩张性财政政策和货币政策,跟资金充裕合在一块就导致通货膨胀,就引发资产价格泡沫,里面其中大宗商品价格也不能例外,于是就出现能源、原材料和农产品价格的上涨,就出现了滞胀。

那么在出现滞胀的情况下,政府面临两个选择,对付滞还是对付胀。如果对付胀就应该采取紧缩性的政策,于是增长率慢慢下滑,经济出现衰退,最后导致金融危机。实际上在现代经济上,基本上就是这个样子。回顾一下美国金融危机是怎么爆发的,就会发现,美国就是这样由于产能过剩的存在,最终导致金融危机的。

当年在2000年美国经济出现衰退,那时候格林斯潘采取政策就是扩张性的货币政策,把美国利息率一直降到1%,当然现在大家听1%利息率很高,现在美国利息率将近0%,那时候降到1%。1%之后这个时候,他通过这个办法确实把经济给刺激起来了,于是在2003年,低利率政策从2001、2002、2003坚持了3年,到2004年的时候美国经济增长率达到了4%左右,于是美国认为经济过热,当时美国出现了通货膨胀的苗头。结果他就开始采取紧缩型政策,这一紧缩在第一季度期间,所采取的投资项目基本上都是刺激贷款所对应的房地产投资,于是就成了烂账,最终结果导致金融危机,可以看出产能过剩才是美国金融危机最重要根源。

如果经济不存在产能过剩的话,那后面过程其实也不会发生,经济还运行得好好的。这就是产能过剩和金融危机之间的关系。怎么样来解决产能过剩的问题呢?其实,最终的解决办法只有一个,那就是科技进步,所以一个劲通过量化宽松政策来刺激需求和投资需求,结果美国出现通货膨胀,同时把这个通货膨胀传递到了全世界。

最终解决产能过剩的问题,通过这种扩张型货币政策不但解决不了,还会进一步加剧通货膨胀的严重程度。为什么说科技革命使得产能不再过剩呢?科技进步主要指产品创新,为什么我强调产品创新呢?因为在科技进步里面,有两种创新,至少可以分成两大类创新,一类是产品创新,一类是工艺创新。工艺创新实际上降低企业生长成本、增长产品供给。产品创新增加老百姓需求,所以两者对经济的作用完全不一样。

我为什么强调产品创新的作用呢?就在于产品创新能够有效地扩大总需求。实际上在我看来,总需求在长期的最终决定因素永远是产品创新,为什么呢?首先第一个,新产品它的出现会产生新的消费热点。比如说没有互联网,没有电脑,没有手机的时候大家大概不会想到它,但是有了它们以后就形成好多行业,我们的生活也方便了很多。

　　另外一个有些产品能够延长人的消费寿命。比如说手机和高铁,这些就缩短了人们的交通时间和通信时间,于是人们就可以有更多的时间用于消费,因此实际上就相当于延长人的消费寿命。同时,有些新产品的出现,他也扩大了人的消费空间,比如说,至少在20年前你要想早上去上海吃顿饭下午再回来,没法做到,因为没有航空,但是现在能做到。如果下一步高铁能够发展起来,而且它的经济性更好的话,那么我们就可以一天之内可以在全中国去消费各个地方的特色产品。因此,这种新的交通工具就扩大了我们的消费空间,同时也能够促进消费。所以,只有通过促进产品创新,才有可能最终摆脱这种经济周期。

通胀？通胀？期货市场如何应对

北京工商大学证券期货研究所所长　胡俞越

今天我主要介绍几个观点。主办方北京期货商会给我的题目是通胀通缩期货市场如何应对，我对通缩问题没有太多担忧，中国出现通缩恐怕不会成为太大问题。但是2008年危机那一年的时候，年初的时候中国政府还在实行防过热、防通胀的时候我就提出三防，叫防过热、防通胀、更要防下滑。我的观点影响滞胀比通胀更可怕，我个人认为现在不排除有滞胀的可能。我重点放在期货市场如何为中国经济战略转型保驾护航，想谈谈几个观点。

今年我评价中国经济是既困难又复杂一年，2008年爆发金融危机之后，2009年被称为中国经济最困难一年。2009年我们宏观调控目标是保8，最后是成果超8。2010年被称之为中国经济最复杂一年，在我们看来也没有太复杂，平安度过了。但是今年来看，才进入5月份，困难的因素显现了，复杂的因素也显现了。所以，我称之为中国经济既困难又复杂的一年。

前两天这场反恐战争我并不认为他结束了，一个人和世界上一个最强大国家的战争持续了10年之久，但是恐怖主义并不会因此偃旗息鼓。刚刚前面来自于日本的专家介绍了日本大地震对日本经济的影响，及对日本衍生品市场影响，这场地震我们还要全面评估对中国的影响。日本发生这场大地震，到目前为止还没有解除核辐射危机。上个世纪以来日本一共发生了三次大地震，在一定程度都改变日本经济乃至社会的走向：一次是关东大地震，还有阪神大地震，另外一次就是今年的大地震。

我们知道巴黎银行在新加坡做期货交易员最后垮掉，也是那场地震的受害者。今年的这场地震会对日本社会带来什么影响，对日本经济带来什么影响，对我们中国会带来什么样的影响和机遇，我觉得还是要进行全面评估的。发生在中东北非地区的这场危机，其实我认为影响更为深远，在利比亚内战非常处在焦灼态度，何去何从都需要打个大问号。在后危机时代，2008年这场危机之后后危机时代，我们发现我们面临的风险不是缩小了，不是减少了，而加大了。

比如说股价波动风险,2009 年和 2010 年全球经济可以说中国最好,全球股市中国最差。2009 年中国大陆股市排在全球倒数第三,中国经济去年取得了10.3 增长速度。大宗商品价格波动风险是显而易见的,我们看到就在本·拉登被击毙那一天黄金价格创新高:1544 美元/盎司,原油价格也在那天创了危机之后的新高,最近也在波动。

当然有些商品价格也在回落,我个人判断是中场休息阶段。利率和汇率风险也在加大,我们人民币就面对一个对外升值对内贬值非常尴尬的局面,人民币不能自由兑换的情况下,我们从来没有感受过人民币升值给我们带来的快感,但是我们天天在饱受着人民币贬值带来的痛苦,这就是今天要讨论的通胀问题。

去年这张答卷非常满意,今天讨论的主题是通胀。通胀是货币现象,钱比货多。我个人认为不仅是全球,尤其是中国在商品的总体供求关系上来说,是平衡的。而且我们许多产业是产能过剩的,但是钱发多了,钱比货多。所以,这个货和钱要找到对应关系,把货的价格提上来和钱找到对应关系。我给大家算一笔简单的账,过去了的 32 年弹指一挥间中国经济的确超高速增长,GDP 同比增长了和 1978 年相比,增长了 109 倍,但是我这里还有一个数字叫 M2,广义货币增长了多少倍呢? 844 倍,你也就清楚了通胀是谁闹的,是怎么形成的,怎么出现的。

这是今年一季度的数据也很不错,应该说也还不错,后面这个情况就不展开进行分析了。去年我们大体上来说,GDP 总量大体接近 40 万亿。我们今年开始把 CPI 权重做了挑战,食品占 34% 现在调到 31%,今年我们刚刚公布的 CPI,3月份是 5.4%,4 月份是 5.3%,今年 CPI 宏观调控目标控制在 4% 左右,去年是超 3,达到 3.3%,影响 CPI 的因素我就不多做分析了。

我们今年还公布一个数字,这是国家统计局今年第一次公布的,叫工业生产者购进价格指数。原来讲工业品出品,只算产出,这是投入那头。我们可以看到投入那头价格上涨的幅度远远会比工业品出厂价格指数高,这个传导机制,当然中下游会下滑,但下滑再下滑,如果上游价格越来越高,居高不下的话,对下游价格压力会传导过来。

还有利率。利率我们上个月加了一次息,随后欧洲央行也加了一次息,我们现在是 3.5。加息和提准可能成为央行惯用的一种手段,但是加息真的很难。因为美国和日本到目前为止还实行的是 0 利率政策。一旦加息大量热钱会涌入,前天我们又宣布又要提准,这个提准已经提到 21%,创历史新高。而且央行有关权威人士表示提准没有上线,如果提到 100% 商业银行全关门就完了,就留下一家央行够了。

我们说热钱,热钱涌入速度非常快。今年一季度我们外汇储备超过3万亿,其中3月份新增外汇储备532.88亿,当月贸易顺差1.39亿。因为整个一季度出现贸易顺差10.2亿美元逆差,实际利用外资FDI1.52亿,热钱涌入数量是非常大。4月20号CRB价格创了新高,5月份金属和谷物价格开始回落,我说成是中场休息。如果说这个指数在目前一段时间,如果说能够有所回落的话,对减缓我们通胀压力应该说是有好处的。

下面几个观点,第一个,去年我们说把CPI控制3%,但是两位数的GDP为什么承受不了3%的CPI,按说GDP和CPI保持相应同步本来不是问题,但是中国就是问题,芸芸众生真的受不了。

GDP问题只反映经济数量不反映经济质量,不是真实国民财富代表,我们不要看GDP的数字,并不是完整意义上的国民财富,只反映一个经济数量,而且各级政府强烈地GDP冲动会造成经济增长过程当中无效增长部分占了很大比例。我刚才还算的一个数,去年中国GDP大数39.1万亿,把31个省市加起来比国家统计局公布数字高,国家统计局公布10.3%,各个省简单加起来比国家统计局高出3.1个百分点。所以说,GDP看上去很美。

另外还有一个问题,产能过剩的问题。中国在1996年告别了卖方市场,而进入买方市场时代。而我们现在发现许多产业过能过剩,汽车都已经很典型了,汽车产业经过二、三年高速成长,高速发展,到今天看来我们过剩了。所以,这里面我们要研究另外一个问题,就是产品的产销率,产品一旦生产出来就形成GDP这是没有问题的,因为GDP就是国内生产总值。如果是95%产销率,也就意味着100%产品生产出来了,但是95%产品是实现了价值,还有5%的产品没有实现价值。也就意味着中国经济增长必须保持在5%以上的增长,否则就是0增长。如果你的产品产销率是90%那就更麻烦,意味着我们经济必须保持两位数以上增长,否则就是一个负增长。

另外一个GDP结构不合理,我们讲一、二、三产业,中国GDP大头是在第二产业,第三产业占比依然偏小。中国社会承受不了3%的CPI,我们去年讲3%,今年讲4%,其实CPI还有他的问题,目前我们不合理收入分配制度和不健全的社会保障体系。赵本山有一个小品不差钱,说实在中国不差钱,但是中国人差钱。

另外我们2008年中国政府应对危机,我把它称之为反应慢出手狠。危机在2008年已经出现了,但是到年底的时候我们才出手,而且是重拳出击。但是2009、2010年我们货币政策就不是适度宽松,所以极度宽松货币政策也为通胀种下了后果,埋下了隐患。在今年十二五开局之年,我们要转变思路,让 GDP 成为货真价实的 GDP,远远比增加 GDP 的数量更重要,还有放松管制,让利于民,藏富于民的社会才是最和谐、最安定地社会。

还有要切实推进国际收入倍增计划,另外还有利率、汇率和准备金率一起来治滞胀。所以,我下第一个结论,那就是从今年开始中国经济将告别已经过去了 32 年的超高速增长期。而进入一个次高速增长期。为什么这么说? 叫中国经济成长的青春期结束了,在青春期里面,保持亢奋是合理的正常,但是 32 年亢奋的青春期结束了。应该进入一个叫次高速增长期,为什么用了一个次高速增长期,要回归常态,中国经济进入一个青壮年期,也就意味着中国,当然肯定没有进入到后工业化社会,还处在工业化的中后期阶段,所以工业化的进程还没有完成。所以我把它称之为次高速增长期。从此告别了超高速增长期而进入次高速增长期,这是我的第一个结论。

第二个结论,在此高速增长期里面,GDP 要下来了,CPI 要上去了。所以,CPI 的稳步上升将成为一种常态。因为三大推手会推动 CPI 上去,投资需求推动流动性过剩,中国首当其冲,我们在指责美国其实我们也是一样。还有大宗商品上涨引发的输入型通胀,热钱流入以及劳动工资上涨,混合型通胀趋势与历史上情形相比更加复杂,通胀预期地助推,物价上涨势头,难以平息,刘易斯拐点已经到来了。

在未来 10 年中国城镇化进程将会大幅度加快,在我们 CPI 构成里面,食品占的权重最多。在未来 10 年,随着城市化进程的加快,种农产品的人少了,吃农产品的人多了。在过去 10 年我们的确创造一个高通胀低滞胀的奇迹,这个奇迹是人为制造的,就是通过人为压低要素产品价格。在未来 10 年中国经济转型期,要素产品价格要不要理顺,我这里刚才讲的工资刚性,劳动者的工资要不要提高,给民众加工资有没有意见,就如同问你给你加工资你有没有意见一样。

所以说,未来 10 年我相信,未来 5－10 年要素产品价格理顺,投入这一头价格理顺,我想这个对通胀,对 CPI 的上涨都会有一定推动作用。你看看这个下面的数据,今年一季度中国铁矿石进口量增长 14.4%,而价格上涨了 59.5%;原油进口量增长 11.9%,价格上涨 24.3%;成品油增长 21.7%,价格上涨 18.8%,价格上涨直接导致进口增长 177 亿美元,占比达到 2/3。

还有我们这三类产品,石油、矿石和铜依存度达到 55%、60% 和 70%,你想想看尽管人民币去年升了 3.1%,是汇改以来升值幅度最大一年,由于大宗商品价格上涨,升值对进口是有利的。但是由于进口商品的价格上涨,把你升值对进口促进作用,带动作用全部覆盖掉了。所以说 GDP 上来了,CPI 上去了,我认为这是一个长期趋势。

但是我们也会发现这个宏观调控,今年要把宏观调控首要目标定在治理通胀,管理通胀预期。而且前两天我就听过有关权威人士讲,中国政府治理通胀有的是办法。但我们会发现我们一些手段在 2008 年,其实我认为 2008 年对中国来说真的非常重要。中国政府是华丽转身,重拳出击,使中国经济 V 型反转,使得大家觉得中国政府比市场更权威,到底是谁权威,看不见得手真的看不见了,看得见的手成了闲不住的手,要管住这只闲不住的手。

最近你看菜的价格暴涨暴跌,把脏水都丢给菜贩子,大家可以看看这个产业链不仅仅是弱势群体,他们没有话语权,把脏水都泼给他们,他们无力争辩。如果真是中间环节挣了 20 倍的利润,我这个大学教授不用当了就去贩菜了,在座各位都不用做期货就去贩菜好了,基数太低了。3 分钱圆白菜有一个农民自杀了,从山东寿光运一车蔬菜到北京和运一车手机是一样。

最近中央电视台在聚焦中国物流顽症也在讲这个问题,我们媒体讲两头猪中间笑,我叫做中间欲哭无泪。中间价格波动频率和浮动在加大,但是波动的周期反而在缩短。如果经济学理论来说,就是发散性,按说蔬菜价格下跌,对于通货膨胀来说就减缓了通胀压力,按说这也是宏观调控的成果,但我恰恰不这样认为,是这只看的见的手频频出击反而扰乱了市场秩序,破坏了我们稳定的市场预期。

最后一个问题也很严重,去年物流总费用占到 GDP18%,最近中央电视台在连续做这样的报告。凯恩斯主义是 30 年代那场大危机之后经济学主流学派,但是你想想凯恩斯主义是为了应急而产生的,但在中国真的很可怕,很担心凯恩斯主义常态化。那么,在未来 10 年当中,失衡的中国要保持相对平衡和和谐,国进民退是不争的事实,你再争辩我们也会发现国进民退,国进民退就是与民争利,地区结构不平衡,东西部地区差异还是很大,城乡结构也失衡,中国城市像欧洲,中国的农村像非洲。

在我们城市里面生活一个最庞大的弱势群体就农民工,中国农民工不是一分职业,而是一个身份。当中国的农民成为一种职业的时候,中国的现代化就实现了。在中国城市里面生活最庞大弱势群体民工,为什么叫民工?因为他们的身份是农民,职业是工人。中国产业工人 70% 已经是农民工了,工人阶级哪去了,工人阶级下岗了。我今天特地把这个工人阶级和产业工人区分开来,按照我们传统意义上理解的农民工你能把他称为也算工人阶级吗,他在这个城市里面没有归属感,他们的劳动、身份得不到社会应有的尊重。

富士康那些年轻的新生代民工们你问他们最看中什么,两个字尊严。中央电视台很知名一个主持人就问他们,董倩问他们你们在富士康是否感觉到尊严受到伤害呢,好像没有。我突然认识到他们叫集体为尊严,这个问题在未来10年觉得不需要解决吗?城乡结构的问题,一、二、三产业结构。我经常给我的学生讲,第三产业占比实在太低,去年是43%,在十二五规划纲要里面未来提高4个百分点,我认为还低应该提高到50%以上。印度是54%,美国是74%,中国43%。

我经常给我在校的学生们讲,你们是一些年轻的白领,准白领们你们也就是领子看上去很白,为什么?第三产业得不到发展,你们不得不落魄到跟民工抢饭碗,进入第二产业。那么产业链结构的上游们会发现资源类的企业往往是利润率比较高的,往往是被国有,或者国有垄断,而产业链的下游竞争型的领域反之不挣钱,你民营企业去干吧。

产品结构刚才举例汽车,我们汽车工业起步还很晚,但是一夜之间我们就过剩了,钢铁这些产业都是产能过剩,劳动性密集型和低附加值产品占主导地位,贫富结构,中国基尼系数已经上升到0.5以上,非常可怕。大量财富流向谁了,都不用多说了。今年1-4月份国家财政收入肯定会破10万亿,今年1-4月10万亿,去年GDP大数是39.8万亿,去年财政收入是8.3万亿,土地出让金是2.9万亿,还有除此之外预算外的还有一些叫归费收入,包括现在归费收入,我们最终在中国物流顽症,公路,公路应该姓公啊?

基尼系数,权威的说法去年我们已经达到了0.52,今年预计突破0.55,0.4就是国际警戒线,0.5以上将进入收入差距悬殊,将会留下巨大的社会隐患,我不多说了。中等收入陷阱,你不认为北非、中东国家出现这场大规模的动乱也同样面临这样的问题,中等收入陷阱是世界银行在2006年一份报告里面提出来,人均GDP3千美金以上到1万美金这个阶段里面,可能会进入中等收入陷阱,一个经济体从中等收入向高等迈进的时候,既不能重复,很容易出现经济增长的停滞和徘徊,原有的经济增长方式和矛盾,无法有效应对引起的系统风险,迟迟使这些国家不能进入高收入国家行列。

中国GDP我一算39.8万亿除以6.5汇率,除以13.4亿人口正好4500美金,是中等偏上了,而是偏下了。警惕中等收入陷阱,中国能不能跨越,但是用多长时间跨越和如何跨越。中等收入陷阱国家有10个特征,包括经济增长回落和停滞、民主乱象、贫富分化、腐败多发、过度城市化、社会公共服务短缺、就业困难、社会动荡、信仰缺失、金融体系脆弱等10个。

说实在转换经济发展方式不是今天讲到,上个世纪末,90年代末的时候就已经提出来了,到现在还在提。难以克服技术创新的瓶颈,对发展公平性重视不够,宏观经济政策出现偏差,体制改革严重滞后等等。所以,我们需要主动地转型来避免掉入这样的陷阱,缩小收入差距降低基尼系数,包容性发展和鼓励创新公平竞争,我想未来10年是中国突破中等收入陷进一个最为关键的时期。

日本用了12年,韩国用了8年,我不知道中国会用多少年。企业家精神也缺失,企业家是市场经济的组织者,我今年写的一篇文章里特地用了这样一个标题,崇尚对社会财富尊重。对创造社会财富的精英企业家敬仰,国有企业他们都不算上企业家,他们只是国有企业的管理者,当然他们身上并不具有企业家的素质,但企业家我们发现没有,企业家因为现在社会矛盾的积累,往往成为社会仇富的对象。

所以,我们企业家要重振企业家精神,创新是企业家的灵魂,冒险是企业家精神的天性,合作是企业家精神的净化,敬业是企业家精神的动力等等。而中产阶级,中国似乎只有资产者,有产者和无产者,中产阶级缺失,中产阶级是社会进步和稳定的基础。孟子有句话"有恒产者有恒心,无恒产者无恒心,无恒心者无信用",但是中产阶级被三座大山几乎都压垮了。所以,中国中产阶级缺失是由于初次分配造成。所以,我希望在未来10年能够让中产阶级成为国家的中坚力量,这里面也包括企业家。

我们面临两难选择,进出口贸易中高出低进和高进低出。所以,这种情况之下我们就很被动了,中国经济增长质量严重打一个大问号,我们进出口商品都缺乏定价权。我举个很简单例子,可口可乐中粮罐装,投资生产的。可口可乐什么东西呢?美国的品牌,美国汽水,核心技术就是0.31%的原浆,中国人民在可乐原浆基础上加入99.69%的汗水。美国就依靠这个品牌挣了99%的利润,我们加了99%的汗水就挣了1%的汗水钱,当中现象我们几乎不能满足。

所以,期货任务任重道远,期货市场是做出来而不是喊出来。央行把所有问题都自己扛,过去32年到今天,我们外汇储备已经是3万亿美元了,超过3万亿了,我们这么多年下来是收了一堆绿票子,收了一堆白条子,换了一堆红票子。我们把外汇储备转成美国国债,我们持有26%,去年是21%,还换了一堆红票子,3万亿等于向市场上投放20万亿人民币,这是逐步推出去的。

所以,未来10年我有一个判断,花掉绿票子,收回红票子,但是怎么花都不知道,扩大进口。最近发现没有进口提速了,商务部叫扩进口稳出口延减顺差,去年以来我们进口提速了。但是进口姓什么你真的不知道,买回来就是中国制造,未来10年还有一个我这里判断的,中国将从一个商品,现在中国已经是全球第一大商品输出大国,演变成一个商品输出和资本输出并重的大国。

人民币对外升值对内贬值,人民币是我们的货币,也是我们的问题。但人民币升值不单方面取决于我们,不仅仅是我们的问题。我相信人民币应该是一个有理想的货币,因为人民币国际化进程加快,在未来10年,20年将成为一个强势货币,美元,欧元,人民币。从这个意义上来说,人民币是一个有影响的货币,利率市场化等等。加快当然从功能职能来说,首先从区域范围来说先周边化,后区域化,再国际化。从功能职能来说,先成为国际贸易结算货币,然后成为国际储备货币。

应对人民币外升内贬的风险,尽快推出国债期货、利率期货。人民币升值今年升了1.9%,升了之后对进口反而没有想到的好处,价格涨幅太大。十二五中国社会发展目标,重点是理念上变化,那就是国富民强要转变为民富国强。民富是国强的基础,过去32年超高速增长期叫效率优先兼顾公平,现在我们要呼唤社会公平和正义,这两个显得更为重要。孔子所说不患寡而患不均。和是有禾入口谓之和,谐人皆有言方为谐。我希望我们要营造一个社会既和又谐的和谐社会。

期货市场任重道远,十一五期间成就不多说了。我们在整个国际商品市场上地位还是非常显赫,全球最大的商品期货市场。期货市场从量变到质变,从品种单一转向结构合理,以量为主到质为主,影响力弱到各方关注。期货市场是超越信仰在全球范围内配置资源。流动性其实不是期货市场的问题,流动性是期货市场的生命力,流动性是期货市场的特点。我说管得住,管得好的期货市场还限制流动性,管不住管不好的场外交易市场还任其泛滥,这就本末倒置了。

我讲期货市场,很多人讲品种小、散户主导,这个问题我不提了,散户就为期货市场提供流动性,散货是期货的土壤。如果没有散户机构如何培育,否则只能搞无土栽培。所以,我听到有一些央企在做,前两年说我们现在国内期货市场很活跃,所以我们把芝加哥盘子,伦敦盘子都转移到国内市场来做,他们现在又发出另外一种声音重返芝加哥,重返伦敦,我不知道这是不是中国期货市场的悲哀。

我也在研究这样一个问题,期货市场纬度、宽度、广度、长度。中国经济转型,中国经济发展也需要期货市场。尚主席讲得很好,创新改变理念,创新发展理念,创新服务理念,创新监管理念。我希望这四个创新推进期货市场发展要落到实处。我们期货市场的发展应该是任重道远的。中国从一个经济大国到经济强国、贸易大国到贸易强国,大国崛起强国梦我们提出五个替代,用内需替代外需,消费替代投资,服务替代制造,低碳替代高碳,城市化替代工业化。

我们要改变传统工业化的思维模式,用城市化替代工业化的方式来引领未来 10 年中国经济转型。我给大家提供一个地图,对高铁我并不看好,但是 1.6 万里四横总纵高速铁路网沿线,在未来将会崛起一批城市区,谢谢大家。

动荡的国际局势下衍生品的发展机会

CME 集团全球客户开发及销售执行董事　Alice Hackett

　　各位同事大家早上好,各位嘉宾早上好,谢谢王先生刚才对我的介绍,今天我也深感荣幸,能够在这里代表 CME 集团参加第六届中国(北京)期货暨衍生品市场论坛。我们一直是这个论坛的重要赞助商,也非常荣幸能够再次参加我们的开幕式,并致辞。

　　在座各位很多可能都非常熟悉我们的公司,我们也非常高兴能够在这里跟新朋老友相会。我们能够应邀在此发言,本身也说明了 CME 集团和中国各地的交易所,以及监管方密切的合作关系。中国正在快速地增长成为全球最大的大宗商品期货市场,我们将继续在这个过程中发挥重要的作用。

　　今年的论坛可以说举行的时间是非常重要,因为对于中国、对于全世界来说我们都面临一个重要发展契机,目前有一系列地缘因素正在重塑中国市场,这些因素影响到供需关系,也要求我们更好采用工具进行风险管理。现在经济震荡、自然灾害,还有经济的不确定性正在深刻影响着我们这些关键商品他们的生产,以及他们的消费。

　　世界上这些事件不仅仅在改变需求端,而且同时也在改变着供应端,就像前面几位发言人谈到那样,他们对价格的影响,还有波动性影响是非常明显的。同时,也使得世界上各地政府,还有机构都对此特别关心。谨慎的投资者在这个时刻就意识到现在世界的波动性,很多其他供应方面的问题现在都是市场非常关注的事情。像中国、巴西、印度,这样新兴经济体他们有非常大规模快速兴起中产阶级,他们有更多可支配收入,这些经济体他们现在在推动着世界上商品市场的一个巨大转变,也就是说他们有更多对于从咖啡到石油的需求。

　　在全世界这样农业市场当中,我们现在看到库存极度不足,所以他们供应也不足,导致现在市场上的气氛非常地紧张。如果这些农民能够更好地来利用他们的丰收年的一些库存的话,那么他们的情况会变得更好。但是,现在在最近这样复苏当中,我们并没有看到类似的现象,所以人们现在对于天气还有其他影响庄稼生长因素非常地担忧。

大家知道日本的地震改变了整个世界的地理,同时也改变了整个核电的发展未来,而且也对能源市场产生了重大波动性。自然灾害还有可能改变我们习以为常的平衡,而且现在使得商品价格也产生了巨大的波动性,它会给价格产生巨大的压力。

尽管有的时候供应可以增加,但是需求一直在增长,而且需求会超越供应的增加。所以,我们看到中国在很多商品的价格波动中都扮演着非常重要的角色,这并不奇怪。中国是世界上最大的铜、铁矿石、天然橡胶和新能源的消费者,在能源方面,在上世纪90年代初期的时候中国还出口石油,中国现在已经是第二大石油进口国,这主要在10年当中中国每天消耗的石油量就增加到了1千万桶,不仅仅说中国的工厂在消费者商品,中国人也在消费着商品,中国在继续享受着世界贸易的利益,但是他们对产品需求也越来越大。

中国有世界五分之一人口,但是只有7%可耕土地,中国可能在商品和粮食方面成为一个最大买家。在去年中国进口玉米,这是历史上第一次,而且中国试图能够建设起他的粮食仓库。中国扮演着非常重要角色,其他国家也在有可持续的需求增长,比如说像印度尼西亚2008年的时候就退出了欧佩克,他们也由一个石油出口国变成进口国,他们对于钢铁和其他产品的需求也在不断增加,因为他们每年GDP发展非常快,所以他基础设施也扩张非常快。

巴西玉米出口去年1100万吨,今年会下降到700万吨,它更多的供应都是给自己的养牛行业。所以这些所谓的金砖四国,他们对于牛肉需求越来越多,速度也越来越快。但是如果你要去吃牛肉或者是家禽的话,必然就关系到那些去喂养牛的谷物了。虽然发展的速度更慢一些,但是美国还是主要商品市场推手之一,由于美国经济增长需要有更多需求增长,现在最主要就是在乙醇生产方面。

在今年美国在玉米生产当中有40%用于生产生物燃料,美国环保署将最高值的酒精乙醇比例从10%增加到15%,甚至更多,这样对谷物的需求会更多。现在欧洲也在立法,要使用更多生物燃料,以便能够达到他们非常激进的减排计划。欧盟以前是能够满足自己乙醇需求,现在也必须要从巴西来进口。在原油市场上也出现越来越多的波动性,而且价格也在不断地上涨,虽然最近下降了一点,但是已经达到了历史高位。

我们知道最近中东和北非政治动荡,导致了原油供应的扰乱,使得每天来自市场上,有150万桶石油消失蒸发了。当然现在由于石油是以美元来定价的,所以美元走弱也会使得现在用美元来买石油变得更昂贵。当然那些比美元值钱的货币来购买原油的话,就会值钱很多。在整个这样一种环境之下,还有很多国家,西方国家所采取低利率政策,他使得这些投资者去寻找新的一些增长点,而不仅仅是在商品的市场。

我们知道美国在2008年11月份宣布了量化宽松政策,也使得商品的价格开始增长,使得他达到了历史新高。农业商品,比如说棉花、糖、大豆、小麦、米、咖啡和玉米等等,还有像能源类商品——油、天然气,贵金属产品——金、银、铜等等都出现巨大价格上涨。那么,当然快速地工业化国家,比如说像中国也在改变着全球供应结构,在中国不断地繁荣意味着中国在2010年他的汽车销售量增长了32%,也就是增长了880万辆新车。

当然中国在改变全球工序结构不仅仅限于原油市场,不断扩张的工业化和不断增长经济实力,也在亚洲创造着一个新的需求中心,这也在推动着整个工业结构。在美国和欧洲,一共有7亿人,而中国和印度两个国家就有25亿人,他们的经济增长率比那些工业化国家还要快。就像余先生刚才说的,中国GDP增长去年是超过了10%,今年大概9%,而在印度大概是8%左右。

由于对于商品的需求增长,现在在其他的领域也出现了一些危机管理、风险管理的一些问题。农业的期货产品可以帮助这些加工商、农民和生产者、还有分销商来为他们未来的价格锁定。另外,外汇汇率期货产品可以帮助生产者、出口者和进口者来消除汇率方面的危机。同时还有一些利率的期货产品,也可以帮助那些跨国公司来更好去管理他们利率变化。

因此,通过这样一些风险管理的方式可以管理风险。现在我们需要有一些新的结构,就像今天早晨我们所说的,需要有一些新的产品来提供给这个复杂而不断变化的市场。

CME集团,我们的市场100年当中在不断变化,以便满足不断变化需求。在美国,我们工业化的过程当中,而其他世界也在变的越来越先进,越来越复杂。我们现在所提供的产品已经包括主要资产品类:从农业产品到能源和金属,从利率到汇率到股指期货;还有其他的一些像天气、房地产和经济活动方面的一些产品。

所以,我们所提供产品广度和深度都使得我们成为全球经济活动的中心。在这里风险可以得到分担,同时可以透明地而有效地避免。我们的系统是一个全球性的网络,使得我们产品可以24个小时提供给85个国家客户,所有这些交易都是实时监督监控的。同时,他可以集中进行清算,另外也会提供非常复杂的工具来管理你的头寸和你的投资组合、还有信贷。

每天两次我们都会向所有这些市场参与者去报告他们的头寸以及他们的价值。我们的80亿的金融保险措施,主要是为我们的清算成员以及他们的客户来提供保障。在全球经济危机当中,期货和期权市场其实是一个非常好的避风所,我们知道2008年出现经济危机的时候,我们市场出现一个非常好的流动性、透明性,这是非常重要的。在整个危机期间,我们没有出现任何清算成员违约情况,我们每一个客户都得到充分保护,而且CME集团也没有任何清算成员违约而导致我们客户损失。

因此,我们监管者应该意识到期货市场这是一个非常稳定、安全、可靠的市场。实际上危机也给我们几乎所有的资产种类期货产品都带来了更大的交易兴趣。CME集团现在有两个主要平台,第一是CME的清算平台;第二个非常重要的资产,也是我们08年和纽约证交所合并后的CME Group,去年CME Group成交了31亿手的合同,总的价值接近10万亿美元。我们CME的清算平台现在是可以保障在我们市场上所进行的每一笔交易。所以,对于这31亿个合同当中的每一个合同,都得到了非常充分的管理。

同时,CME清算平台还拥有800亿的抵押保障。另外CME的KRpod可以提供一个综合、整合的、灵活的清算活动,可以帮助我们的市场参与者来降低他们所面临风险。今天我们会给银行、商业企业、对冲基金等等提供更多的机会,同时也可以为那些能源和金属合同提供更多的保障。

我们的产品和服务的广泛实适用性,最好的表现看到我们多样化客户群,王先生刚才也谈到这一点,我们市场上有各种各样参与者,我们也知道FCM他们扮演者一个非常重要的角色,他们在推动我们的客户,在客户的交易行为方面扮演者非常重要的角色。那么,同时我们也有一些保险公司、养老金、对冲基金、还有像比如说矿产公司、汽车生产商这样的一些客户,都是我们的客户群当中客户类型。其他类型还有比如像航空公司,像一些谷物仓库,以及钢铁的生产者等等。

除了我们的产品和客户多样化,我们还有多样化地理分布。最近CME集团也实现了我们业务的国际化,因此这个公司也建立了在伦敦和新加坡区域性总部,以便能够满足我们对于产品和服务不但增长需求,这反映了全球经济发展的重心转移。同时也说明,我们所推出这样一些产品和服务他其实已经超越了美国,他可以去服务于全世界的发展中国家和发达国家。因此,我们也和世界上各地建立了合作的关系,这就使得我们产品国际化了,同时也使我们合作伙伴来为他们的客户提供更多样化,更高质量的产品。

所以,我们也看到了中国的快速发展,中国期货市场发展的途径和我们美国发展也是非常类似的。实际上,我们也非常自豪地参与到了现在大连这样一个发展非常好的交易所早期开发过程当中。同时,我们也非常高兴和中国的监管者、市场参与者进行非常坦诚的交谈,来为中国的发展做出贡献。

随着全球竞争不断加剧,我们现在也在全世界和我们的合作伙伴来提供我们更多的专业支持。比如,我们和巴西的 BMF 公司合作,他也是拉丁美洲最大的一个交易所,使得巴西客户可以获得我们的产品,同时我们的客户也可以获得BMF 的产品。同时,我们也在不断地拓展我们与他们的合作,这就使得我们能够开发一种新的多资产类型交易平台。大家都知道 CMEKRpod,为全世界 85 个国家服务,使得 CME 产品同样分校渠道,他跟我们合作之后有更多分晓渠道。

20 年以来 CME 集团在和亚洲证券交易所合作当中也扮演者领导的角色,他在推动着相关衍生品产品在这个重要区域发展。在 1984 年的时候,我们是第一个去和新加坡证券交易所来建立一个合作的协议,现在还有。我们两个交易所,更重要的是我们的客户都从不断增加新加坡交易机会当中获利,因为这也是整个市场发展的一个结果,由于我们和新加坡证券交易所的成功经验,我们也和上海期货交易所、上海证券交易所建立起了谅解备忘录,这些对于中国的发展也是非常重要的。

同时我们也和大韩交易所建立了合作的关系,另外我们和马来利亚的一个证券交易所也建立合作关系,我们一直在非常努力来提供更好的产品,来通过KRpod 来提供清算服务,这里包括一些新的产品,像铁矿石和能源产品。另外,在 4 月份的时候,5 个亚洲的汽油和燃油产品它们是第一次进行了交易,其中四种产品都是我们在今后几个月当中将会强力推出的。

我们都同意现在这种发展和变化不会改变一个关键事情,就是说衍生品市场必须保持他的活力、透明度和效率,才能赢得所有参与方的信任。当市场波动剧烈的时候,交易各方需要有足够的流动性来落实他们相关的风控策略,同时也需要有信心,要相信所做的交易能够有效地得到执行,而不用担心交易对手风险。因此,在我们市场中诚信是必不可少的部分,没有诚信就不可能有这么多产品和服务。投资者要相信我们价格是透明,这个价格真正能够反映市场上公开要素作用,我们深信 CME 集团的价格是得到了广泛接受的,我们很多主要产品的定价在全世界都赢得了广泛的注意和公信力,这也说明了我们定价能力和价格发现能力的效率。

多年来我们的目标一直都没有改变。我们希望把我们这些专业想法跟大家进行交流,以确保在市场里面实现最高标准,这样才能实现市场当中安全、流动性、透明、创新等一系列要素,这些要素在全世界也引起广泛关注。这些工作具有重要意义,在这个市场当中有很多普通的人进行交易,他们交易的价格是我们制定的,涉及燃油、粮食等各种各样的产品,我们有义务要确保为这些产品公平定价,反映全球真正的供需关系。尤其当市场波动性比较大的时候,市场需要这样的信息和公正定价,来有效地管理风险,并且有效地进行交割。而且数以万计地公司也需要我们提供的工具来提高自己的运营效率,并把他们的一些绩效和价值传递给最终的消费者。

中国在不断地工业化,而一个富有活力的衍生品市场可以促进这个历程。我们正在经历一个历史阶段,要为未来发展奠定一个有效基础,确保这个市场的安全活力和透明度,令中国和中国人民受益。再次对大家表示感谢,让我有机会来参与第六届中国(北京)期货暨衍生品市场论坛,今天接下来的对话,就最佳实践、创新的理念和各种各样的想法以及概念进行交流,我期待着与大家进行进一步的交流与合作,谢谢大家。

日本震后经济及期货市场发展

东京金融交易所市场部执行官及执行董事　Masayuki Nakajima

　　我在日本东京金融交易所市场部工作,我们主要有期货和期权的产品,主要是提供给机构投资者。另外一个产品是为那些零售的投资者,我在日本的央行工作了20多年的时间,主要是做金融衍生产品市场控制,我非常荣幸能够有机会在今天做这样一个演讲。

　　在我开始演讲之前,我首先还要表示一下我们的衷心感谢,感谢中国政府和中国人民,感谢你们对我们的支持和鼓励。尤其是在日本东部悲剧式大地震之后,中国救援队人员,还有核电专家,另外医疗和食品方面帮助,所有帮助都非常深刻地帮助到了我们日本人民,有效地实现了救灾的目的。

　　在震中附近的地区,尤其是沿海的地区都受到了海啸冲击,结果是灾难性的,一共造成1.5万人死亡,另外还有大概5万人失踪。地震是在周五下午发生的,东京虽然离震中有2英里距离,但是在东京也有非常强烈的震感,这也是我自己经历最严重的一次地震。因此日本也在面临非常艰巨的时期,这也是二战结束以来我们面临最艰难的时局。但与此同时,日本的社会也表现出我们的信心和决心,我们已经展开了重建的工作,我们逐步地、稳健地开展重建工作。

　　今天我的发言就想总结一下这次大地震对于日本经济的影响,以及未来我们要解决哪些问题。这也是日本历史上最严重、烈度最大的一次地震,震级是9级。这也是日本历史上有史以来记载最严重的一次地震,同时在日本西部区域1995年阪神大地震,阪神地震造成的危害只有这次东日本大地震的一半。

　　再看一下经济的情况,实际上在阪神大地震之后,日本经济还是保持繁荣和快速地增长。但这次情况不一样,这次地震会对日本经济产生多方面影响,我觉得之所以有这种情况也是有三方面原因。第一,上次阪神大地震造成的危害是分散到很多地区,而当时所在地区有很多中小型的企业是生产电器元件;这次大地震实际上影响的范围非常广,从而也就打断了这些工厂的正常生产,影响了原材料的供应。

	Amount of damage to capital stock	Ratio of amount of damage	
		Ratio to nominal GDP	Ratio to total capital stock
Great East Japan Earthquake(2011)*	16 – 25trillion yen	3 – 5%	1.4 – 2.2%
*Figures do not include the effects of the nuclear accident.			
Great Kanto Earthquake(1923)	4.6billion yen	29%	9%
World War Ⅱ(1941 – 45)	64.3billion yen	86%	25%
Kobe Earthquake(1995)	9.9trillion yen	2%	0.9%

Sources：Cabinet Office；Hyogo Prefecture；Bank of Japan，etc.

因为地震我们也都调低了日本经济的预期,这个是日本央行发布的预期数据。是4月28号发布的预测,显示从今年4月到明年3月的一个增长情况,他们预计GDP增幅应该在2.8%。在地震发生之前我们预计GDP能有5%的增幅,低了3.3%。再看一下2011年财政年度,我们预计增幅是1.4,但是因为地震我们把预期调低了将近1个百分点,对于2012年财年的估算,因为日本要进行重建所以也调高了预期,从2%调高了2.9%。

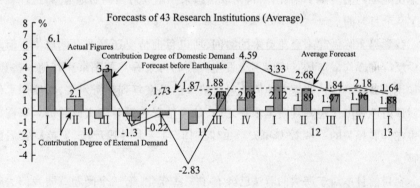

这也显示出43个研究机构对于日本经济增长的一个预期,他们是按季度来做的这个预期。我们可以看到第一季度1–3月期间,它的预期有0.2个负增长,但是从4–6月第二季度,我们就可以看到震灾的增长,预期增长非常低是一个负增长。但是我们从4月份就预期经济会复苏,到第四季度会有一个非常快速的反弹。

这些数据看起来有点乐观。在2010年的时候日本经济本身增长非常快,也解决一些潜在问题。在七国集团里面,日本的增长是最好的,包括实际的GDP增长,还有失业率的表现都是最好的。很多人大部分的生产设施都会在5–6月期间恢复正常的生产,从而保证供应链的需求。现在我们预期供应链可能要一直到10月,甚至11月才能恢复了。

最近的这次大地震还有一个不同的特点,跟阪神大地震相比还有另外一个特点。刚才我说了第一个特点影响到了供应链,第二点福岛第一核电站也在赈灾中受到严重的损害,因此又出现了核危机,出现了放射性的危机。日本人民在第一时间里边对于未来的发展忧心忡忡,担心反应堆会爆炸。但现在大家就放心多了,他们觉得不会发生最坏的情况,因为这些反应堆里面的燃料棒温度已经稳定在150度左右,但是还是有一半的燃料现在暴露出来。不过政府也在采取措施来解决这些问题,同时也在采取措施去治理核污染,政府也在考虑可以对压力容器进行修补,也就是对燃料棒第一层容器进行修复,这个目标原本认为是可以达成的,但是到4月12号政府发出通知,说在压力中出现了裂缝。

虽然压力容器的修补是可以实现的,但实际情况并非如此。而且外部的压力容器也会出现一些渗漏情况,情况还是蛮严峻的。如何去控制这些放射性材料,去防止受核污染的水泄露出来,从而减少对环境的危害,这个必须要尽快得到解决。政府也制定相关路线图来解决这个问题,包括降温的方法,在9个月之内把反应堆的温度降下来,然后再采取措施来控制放射性物质地泄露,这样就会花了9个月时间。

我觉得实际做起来会花更多的时间,所以目前情况还是非常的严峻。但是至少反应堆爆炸最坏场景应该不会发生。我们再来看一下东京和其他一些县,比如说福岛县。在这些地方他们的射线浓度已经恢复到正常水平,在饮用水伽马线放射性强度已经降到安全水平之内,这个情况还是有很大改善的。现在人们也在开展相关的一些救灾和灾后重建工作,包括去寻找尸体,去控制灾后的危害。

在目前日本对于海啸的看法已经有了一些变化,第三个问题需要我们去解决的就是电力供应,如何去填补电力供应的空白,尤其是在东京和东北电力公司,他们的发电容量都受到了影响,有很大的降低。尤其在东京地区,东电公司去年经历了日本历史上最热的年份,这个图表显示出日本用电的峰值变化,其中有一条线显示的是日本东电公司发电装机容量,虚线是表现装机容量。我们可以看到他的装机容量有比较大的一个降低,这样一方面我们可以控制家庭用电,另外一方面对于生产用电有较大影响。

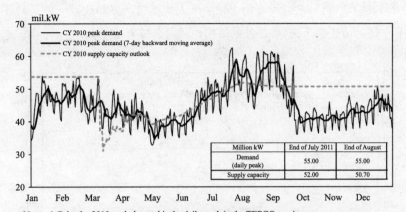

Notes: 1.Calendar 2010 peak demand is the daily peak in the TEPCO service area.
2. The outlook for supply capacity is based on TEPCO's press releases on April 8,2011 and April 15,2011, which provide weekly predictions until may 28 and predictions as of the end of july and as of the end of August. The capacity is assumed to be constant from September in the above chart.

　　另外,首相也决定要关闭另外一处发电站,这对于丰田公司和其他公司的一些供电生产也会造成影响。所以,目前还有很多的不确定性,就是福岛第一核电站未来要怎么去处理,还有很多的不确定性,它未来能不能供电我现在很难说。同时,预算方面也有很多压力,我个人认为有一些预测太过乐观了,今年4月份政府提出新的补充预算,但是这个预算总额只有4万亿日元。第二项补充预算将在夏末的时候提交国会讨论,但是我觉得金额应该也不算多。

　　而且日本首相,日本执政党目前在国会也不占多数席位,所以很难表现出领导能力,确保新的预算更快通过。6月份也会有新的提案推出来,讨论如何进行重建。其中包括收取重建税,建立一个重建基金,这个目标是要重新调整日本的社会福利体系。同时,要建立专门的预算工具来对重建工作做出投资。

　　刚才也说了日本政府也发表几次宣言,几次公告,要确保资金的来源,包括要提高所得税,要提高投资税和消费税,这一系列加税举动可能会降低消费者的信心。海外的经济学家也做了一些预估,来看一下这样的大灾难会带来什么后果,会不会导致日本经济结构性的变动。他们也去模拟了一下需求的情况,可以看到利率有上行的压力,这实际上给政府提供了一个机会来有效地解决预算问题。

　　迄今为止,我们来看一下供应和需求两者之间空缺是在减少,但是消费者的支出越来越薄弱,这种情况很难得到扭转,除非我们能够成功地促进消费者的需求。所以,我们必须要尽量缩小供需之间地差异,而且日本就像现在"凉水煮青

蛙"一样,政府非常慢,政府没有动力做一个大规模的调整和改革。但是我还是
觉得日本还是会生存下去,但是他的结构性问题会越来越突出。

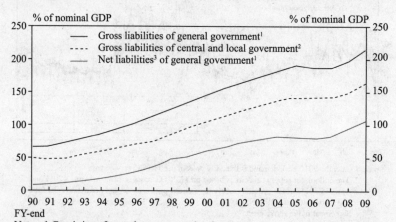

Notes: 1.Consisting of central government, local governments, and social security funds.
　　　2.Outstanding debt in "Economic and Fiscal Projections for Medium to Long Term
　　　　Analysis (January 2011)."
　　　3.Gross liabilities minus financial assets.

　　这个图表显示的是日本政府负债水平,包括中央政府和地方政府总的负债,
尤其包括社会福利方面的成本,这已经比 GDP 的两倍还多了。在地震之前很多
人都期望政府采取措施来调整国民经济。因此可能会对利率产生上行的压力,
从而能够有效地来解决政府的负债问题。但是另外一个方面来看,日本政府的
国债有95%都是日本国内的居民和机构持有的,现在日本居民的储蓄率在下
降,但是日本也在想办法控制利率的风险,防止利率跌得太厉害,对居民储蓄造
成影响。

　　另外一个结构性的变化,同样也是地震造成的后果。越来越多的生产会移
到海外去进行,也有好多日本公司已经把他们的生产设施、厂房、营销工作都已
经移到其他的亚洲国家,这对于制造业来说是一个长期发展过程,而且会越来越
快。那么,在公司层面这也许是一个比较好的方式,使得他们可以加强和亚洲国
家的联系。但是从政府的角度来说,这也意味着他们会失去了税收来源。

　　另外日本还面对一个问题,适龄人口减少,工作人口减少。尤其是在海啸之
后,很多外国公司现在也回到了日本,现在这个适龄人口又不够,所以这也是一
个非常严重的问题。另外,全球的经济现在还相对是处于一个比较好的恢复状
态,但是每一个地区有他们各自的特点,在今后的几年当中,不同一些国家可能
会改变他们政策,紧缩他们的货币和财政政策,这样对日本经济继续保持贸易顺

差可能就不太容易了。

如果说政府对于他本国这样一些消费者,如果不能够确保他的 GDP 增长,那么很可能也意味着很多不稳定因素了。那么,在日本还有一个问题,不良贷款,因为日本在过去 10 年当中曾经实行一个零利息的贷款利率。另外,就是对于这种利率的对冲这样一种功能也变得越来越差。所以,我想现在这个时候是需要日本政府来表现出一个刺激经济增长这样一个表态时候,他需要增强日本企业竞争力,同时也需要确保就业和税收的收入。

另外就是要确保医疗保障,要进行养老金和医疗的改革,以便能够防止福利方面开支不断增加。同时,也希望能够平衡老一代和青年一代他们之间负担不平衡。同时,他的消费税可能会逐渐地增加,我想日本仍然还有两年半的时间来解决这些问题,但是时间很快就不够了,所以今年或者明年将是非常关键的两年,对于日本的经济发展来说。

今天我没有足够的时间来谈日本的衍生品市场变化,但是我们确实面临着非常大的竞争。当然大家都知道 TAOIA(音译)刚刚宣布,他们将会组成一个联盟,他们未来会做更多整合,同时这些商品交易所也在寻求一些联盟。另外就是像数据中心的一些问题,还有全球接入性的问题,这些都在快速地发展。所以,我想在日本的金融交易市场上也会在今年或者明年发生一些重大变化,因为必须要能够更好地吸引亚洲资金流动。

在我发言的最后,我想再次地表达对于中国政府和中国人民对日本表现出的友谊和帮助,谢谢。

第二部分

解读具有多重证券功能的
期货投资基金

恒源环球财富管理有限公司(香港)执行董事　焦　勇

谢谢黄总,谢谢各位嘉宾。

我今天跟大家分享的是期货业务创新的内容,我会集中跟大家说一下海外期货创新的基金。期货在海外并不是属于比较创新的行业,相关的行业从1979年已经开始衍生出来了,在国内目前没有任何相关的基金,受限一些法规,国内期货的发展还没有普及,而导致整体在国内如果要发展期货相关的基金可能还需要一点时间。

我接下来具体跟大家分享一下海外期货基金的发展情况。

海外的期货投资基金有一个所谓多重证券的功能,所谓多重证券的功能主要是讲债券、股票投资的功能。在讲期货投资之前,我想先跟大家分享一下他们的背景。期货投资基金的前身其实是CTA,中文名字是商品交易顾问。为什么会说是商品交易顾问? 商品这两个字很容易让大家联想到大豆、小麦还有相关的商品市场,而并非一些与金融相关的投资商品。商品交易顾问或者CTA这样的简称,其实也投资到相关的股指期货、外汇期货、利率期货甚至是债券期货上面。在 1970 年为什么美国会用商品交易期货?在 1979 年的时候,在美国还没有一些相关的金融衍生性的商品出来。当时所成交的与期货相关的种类只有相关的大豆、小麦、玉米,甚至是一些大家比较常见的石油和黄金相关的期货,而没有一些金融衍生性的商品。金融衍生性的商品是在什么时候出现的?在 1972 年的时候,这次我们演讲的金牌赞助商之一,他们创新发明了一个属于外汇的期货,那个时候外汇期货就推出了英镑,以前是德国马克,现在被欧元所取代了,还有瑞士法郎等八种货币的外汇期货条约,1970 年代才慢慢地衍生出来有一些货币相关的期货市场出来。

1970 年代之后,1980 年代开始,环球的金融环境出现了很大的变化。是因为当时的商品期货交易或者当时的外汇期货交易并不能完全的满足市场上投资人的需求。当时发生了一个比较大的变化,在 1980 年代末期,陆续出现一些金融商品的期货,包括两大种类,一个是指数相关的期货,另一方面就是股票本身相关的期货。到目前来说,国内发展的历史其实也跟海外基本上一样的。比如说国内企业目前发展的最大规模其实是一些商品相关的交易期货,在上一年的 4 月份才开始出股指期货,这其实是一个陆续的过程,而慢慢地衍生出来。在今天早晨的时候也有一些嘉宾,他们觉得未来国内期货发展市场可能会从目前的股指期货慢慢的发展成股指期权,再从股指期货和股指期权发展成小型的股指期货和小型的股指期权。其实国内的市场仍然需要经历期货发展的东西,才能把整个期货市场的完整性体现出来。那需要多少时间?我相信如果在国内发展的时间可能会比海外更快一些。因为国内可以吸收海外 1970 年代到 1980 年代,甚至到 1990 年代整个海外市场发展的历史变迁。而国内技术的应用和法规健全的配合下,相关的期货市场会将更加完善。

除此之外,目前全世界交易的期货市场前 50 位里面,金融相关的期货市场 23 种,在排前 7 位的金融相关的期货里面,在金融相关的期货里面有 7 种。我想给大家看一下海外整体环节期货市场的整体资料。大家可以看一下 44% 是按照利率期货,利率期货就是一些外汇相关衍生出来的期货市场。因为每天外汇的投资金额是非常大的,也因为这样,环球利率市场的期货市场是非常多的。利率市场其实占了全球市场整体的 44%,股票指数相关的期货大家可以看一下,包括标普 500,还有道琼斯指数、纳斯达克指数,还有欧洲泛欧交易所的相关指数,再加上日本交易所的指数和韩国交易所的指数,相关股票指数的期货我觉得占全球的 24%。目前相关的比例其实在国内来说还是偏低的,因为国内发展的商品市场的期货是非常大的。目前来说,股票市场的期货只推出了一只,目前来说发展还需要一些时间,整体的期货市场显得更成熟一些。

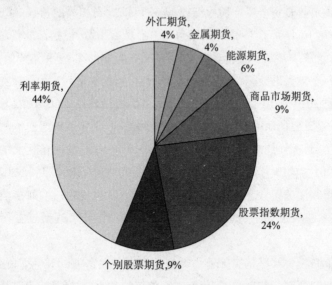

我刚才跟大家说了很多关于 CTA 商品交易顾问相关的东西,从以前期货者的市场来看,从 1970 年代只有商品相关的期货,到 1980 年代出现了利率期货、债券期货和与金融相关的期货。期货投资基金以前的 CTA 或者是商品交易顾问,慢慢地演变成现在所谓期货的投资基金,接下来我们也会分享一些与期货基金相关的东西。等一下还会有管理期货或者期货投资基金来形容。海外目前有一个比较常用的名称是管理期货,就是期货管理基金相关的衍生产品。

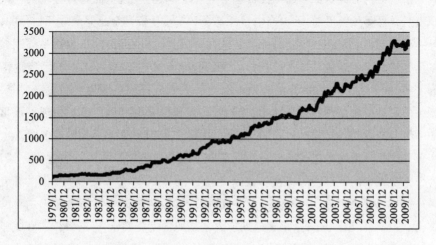

给大家看一下海外的管理期货或者期货投资基金他们在过去历史的表现怎么样。从1979年12月到2010年10月,CASAM是法国一家投资银行做的与期货相关的期货投资资金资产加权指数,大家可以看到相关的指数,从1979年12月到2010年10月涨了33倍。大家想一下有什么指数,包括标准普尔的500指数,道琼斯指数或者海外的股票指数,有什么指数能够在1979年开始到2010年没有经历一个重大的跌幅,而反复的上升,到目前的水平。我为什么在这里打了一颗星?是2010年10月,而且还要强调,相关的指数在2010年10月的时候已经没有了,最重要的原因都是2008年的金融海啸。CASAM他们把相关的资产部门给卖了,对于他们来说是赚不了钱的,2010年10月的时候相关的指数就停了。而在2010年10月以后,一个公司提出了50指数,未来相关的CTA指数或者管理期货相关的指数会被BTOP50指数取代,而相关的一系列指数因为相关的部门被卖,已经成为了过去的历史。大家可以看一下,这是过去指数历史的变迁。

相关期货投资基金是属于哪一类型的基金?大家可以看一下,比如中国国内相关一些股票型的基金,其实他们属于传统的基金,或者是互惠基金。有一个分门别类的类别给他们,这属于传统的投资。在整体的环球市场上,总共有两种不同的投资,一种是另类的投资,一种是传统的投资。传统的投资其实就是大家可以看一下,在投资市场上就是包括银行简单的储蓄,除此之外就是债券投资、股票投资,还有一个在中国非常热的房地产投资或者不动产投资,这是最传统的投资,大家一想到投资就会想到这四大类的投资。还有一些另类的投资,有很多研究机构会把对冲基金和期货投资基金混在一起,其实这里面是有分别的。问题就是在另类投资里面,学术当中对冲基金和期货投资基金是完全分开划分的,等一下我会跟大家说一些分门别类的东西。另类投资有两方面,包括私募股权基金和信贷衍生金融工具。信贷衍生性的金融工具在2008年的时候已经逐渐的下滑,最主要的是2008年的金融海啸有一大部分原因是因为美国次级房贷,相关的信贷衍生工具占有市场的比重太大,而导致美国房地产市场出现了严重的下滑,导致相关的信贷衍生性的金融工具需求在2008年之后大幅度下滑。

外国研究机构也把对冲基金跟管理期货基金或者期货投资基金混为一谈,为什么是属于两大不同的板块?大家可以看一下,2008年-2009年,全世界有1471道对冲基金倒闭,损失5829亿美元,在全球要务的开支里面是属于一年的支出。大家可以看一下,这是管理期货或者是期货投资基金,这是(PPT)2002年-2011年的整体数目,大家可以看一下生产的延伸,在2009年的时候,经营指

数来说,指数成分的基金在 2008 年的时候总共有 491 道相关的基金作为指数的
基金。在 2009 年的时候有 488 道,这是代表什么? 相关的期货投资基金在 2008
年金融海啸的时候其实只倒闭了 3 道基金。那三种基金可能是因为不同的原
因,而不是因为金融海啸而倒闭的。在这里想跟大家说一下,期货投资基金整体
的风险跟对冲基金是截然不同的,我还会跟大家再陆续的说明一下。

目前在全球海外的一些期货投资基金整体的规模大概有多少? 是超过
2500 亿美金。相关的 2500 亿美金怎么分类? 有一部分是人为的操盘,在国内其
实有很多操盘手,有很多基金经理,如果用基金经理或者用操盘手来操盘的话是
人为的操盘,为什么会有人为的操盘? 是用人为的主观因素去判断的。在全球
整体基金的规模只占了 15% 左右,全球有 85% 都是用系统操盘,所谓系统操盘
全是用电脑的程式操盘。在投资领域,对于期货来说,投资领域系统方面或者说
在科技方面的应用是更为重要的。因为期货市场从星期一到星期五是 24 小时
不眠不休的,以香港为例,香港的期货市场大概从 9:30 就开始,每天下午 4:30
结束,但是香港的期货交易并不是因为香港交易所结束交易之后就没有交易了,
香港期货交易 4:30 结束的时候,在欧洲的期货交易所已经开始运作了,欧洲的
期货交易所大概在香港时间 3 点钟,在法国和英国在香港时间 3 点钟的时候开
始运作,环球开始做小时的期货投资。电脑不用休息,只需要给它供电,或者每
年把一些电脑系统更新,电脑就不会老化。但是其实如果用人为的方法,不可能
有一群员工或者一群操盘手,或者一群基金经理 24 小时轮班为全球的期货市场
做买卖。这也是我想跟大家说的,海外的期货投资基金有 85% 都是用电脑系统
来操盘的。

基金名称	成立日期	成立迄今年度化回报	资产规模(单位:百万美元)
Man – AHL(USA) Limited：AHL Diversified Porgramme	1990 年 12 月	15.04%	23600.00
Winton Capital Management Ltd：Diversified Trading Program	1997 年 10 月	15.43%	19055.37
BlueCrest Capital Management Ltd.：BlueTrend Fund Limited	2004 年 4 月	18.63%	12280.00
Transtrend B. V.：Diversified Trend Program – Enhanced Risk USD	1995 年 1 月	16.40%	6511.00
Aspect Capital Limited：Aspect Diversified Program	1998 年 12 月	10.73%	5093.00

续表

基金名称	成立日期	成立迄今年度化回报	资产规模(单位:百万美元)
Quantitative Investment Management, LLC:Global Program	2003 年 10 月	13.53%	5068.00
Graham Capital Management,LP:K4D-10 Program	1995 年 2 月	9.50%	4416.30
FX Concepts,Inc. :Global Currency Program	1997 年 12 月	8.78%	3200.00
Campbell & Company, Inc. :Financial Metal & Energy-Large Fund	1983 年 4 月	11.66%	2305.40
Boronia Capital:Diversified Program	1993 年 9 月	10.85%	1852.00

在这里给大家列举了全球前 10 大的期货投资基金,我想给大家看一下资产的规模,第一家基金公司是 Man,这个基金公司是从 1990 年 12 月开始成立,每年的回报大概有 15%。大家可能对这个没有多大的兴趣,觉得每年才 15%,跟大陆 A 股市场或者期货市场的收益率相比很低。从 1990 年 12 月,每年这种基金或者这种策略能涨 15% 的话,到现在涨了 15 倍,目前没有一些指数或者基金在过去到现在会涨 10 几倍,而且下跌的幅度没有特别明显。全球十大管理期货投资基金占有的总体规模是全世界投资规模的 763 亿美金,这是保障金,跟传统的投资不一样,如果我们投资股票的话,100 块钱我们只能买 100 块钱的股票,但是在期货市场上不是这样的,在期货市场上我们 100 块钱的投资,可以交易的金额到 1 千块钱,最主要因为期货市场是有杠杆的。虽然这 10 档基金在全球的资产规模约有 763 亿美金,但是他运用的杠杆能达到 20 倍左右,对金融市场有 1 万亿美金的影响,而这些基金在整体的市场上是有举足轻重的作用的。

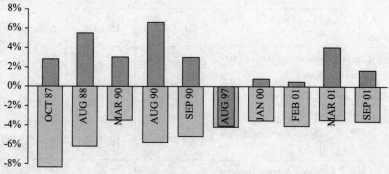

Managed futures: CASAM CISDM CTA Equal Weighted;Stocks;MSCI World;
Bonds:JP Morgan Government Bond Global;Time scale:01/1987-02/2008

　　从 2008 年之前,无论是牛市或者是熊市,相关的期货投资基金和环球股票市场的分别。环球股票市场我用绿色的来代表,用一个投资组合,假设大概投资了 50% 的环球股票,50% 的环球债券投资组合会发生什么样的状况？大家可以看一下,1987 年 10 月格林斯潘做了美国联邦储备局的主席,当时市场对他有一些信心的危机,导致当时美国股票市场大跌,从 1987 年 10 月就下跌了 9%,但是当时期货投资基金反而上涨了 2%。大家可以看一下,在不同年份一些比较大的经济萧条或者在股票市场当中有比较大熊市的时候,期货投资基金反而表现是最好的,除了 1997 年 8 月,1997 年 8 月是对于英镑期货的追击,而导致利率期货方面的投资亏损比较大,1997 年 8 月环球股票市场下跌,但是也拖累了环球期货投资基金下跌。包括在 2001 年或者 2000 年的时候,科王股泡沫爆破,以环球股票市场整体投资组合全部下跌超过 5%。

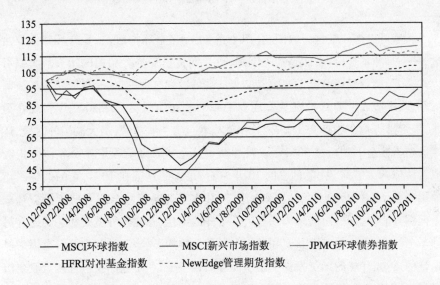

　　在 2008 年的时候,大家可以看一下,这是一个全球指数,环球股票市场下跌了 12%,环球有两种资产类别可以上升,除了现金的储蓄之外,还有两种投资增长可以上升,其中是债券相关的指数,环球的经济萧条把所有的资金从股票市场撤离,而导致债券的价格上升,因为当时也降息,大升了债券的价格,全球环球的债券市场是整体上升 7% 左右。但是到 2008 年的时候,环球的管理期货基金或者期货投资基金普遍上升了 13.07%,这是最明显的资产类别。

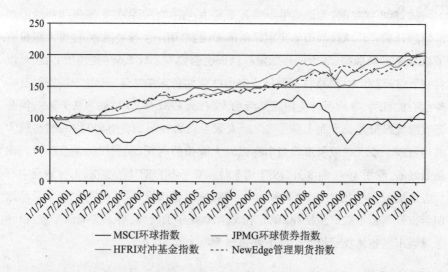

大家可以看一下这一幅图,有四个指数,一是全球指数,二是有环球债券指数,三是对冲基金指数,四是管理期货,也是期货投资基金相关的指数。大家可以看一下,期货投资基金的波幅其实跟债券的波幅是弱的,比全球股票市场波幅低很多,也造成了期货投资基金成为了一个独立的门类。从 2000 年到现在为止,期货投资基金一直会往上升,这中间当然也有一些波幅,最大波幅的时候,环球股票指数会下跌超过 50%。在管理期货基金或者期货投资基金整体的指数或者整体的表现来说,在过去的 10 年左右,最大的跌幅在 10%,它的跌幅跟债券市场跌了 9% 是相对的。也因为这样,其实管理期货基金或者期货投资基金不但拥有能往上升,跟股票市场有上升一样的特性,除此之外就是相关的还有另外一个特性,它的保守度其实和期权市场是一样的,风险波动非常低。也因为像这样的话,在环球的期货投资基金里面有两种特征,一是它的投机性接近股票市场,但是保守性和风险性接近债券市场。跟对冲基金也好,跟国内的传统基金或者互惠基金其实有非常大的区隔。

很多海外的投资机构或者投资人他们对于它的实际用途是做什么?我会用一个资产组合管理的概念跟大家说一下。大家肯定会想到投资组合,投资组合里面就会分门别类,有一部分是投资债券,有一部分是投资股票。其实就是说,相关的管理期货或者期货投资基金能在整体投资里面起到什么作用?是起到润滑的作用。当你们投资到股票市场和债券市场,但是如果在投资一点点,20% 的资金投资到管理期货或者期货投资相关的一些商品上会发生什么事?是风险变得降低了,但是反而回报会拉升。这是为什么?大家可以看一下这是五大指数相关系数的一个比较,管理期货指数跟其他指数的相关系数是介乎 – 10% 到 + 20% 左右,就是从 – 1 到 1,如果大陆 A 股指数和香港恒生指数的相关系数是 1 的话,不管投资到国内的 A 股指数还是投资到恒生指数其实是没有分别的。但是相关系数越小或者趋于 0 的话,这代表如果在整体投资组合里面,风险分散的作用是越大的。大家可以看一下,管理期货指数跟其他指数相关的系数是趋于非常低的水平,可以非常有效地把整体环球资产的风险或者投资的风险降低。

我举个例子,总共有四个投资组合:

第一个投资组合 50% 是投资股票市场,50% 是投资债券市场。

第二个投资组合是加入了 10% 的管理期货,或者是期货投资基金。

第三个投资组合是加了 20% 管理期货基金。

第四个投资组合是加入了 30% 的管理期货基金。

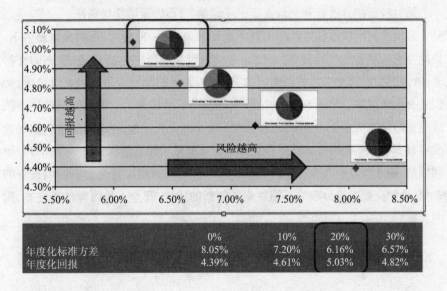

	0%	10%	20%	30%
年度化标准方差	8.05%	7.20%	6.16%	6.57%
年度化回报	4.39%	4.61%	5.03%	4.82%

效果会怎么样?大家可以看一下这幅图,没加的就是投资股票市场或者投资债券市场,没加的是最深色的,如果没有加相关的资产类别,其实相关的回报是最少的,而且下跌的风险是最大的。而加多少呢?大家可以看到我做了 10% 和 20% 以及 30%,如果当时加到 20% 的话,回报反而是最多,反而风险是最小的,因为波幅会越低。所以因为相关的期货投资基金跟其他的资产类别它们相关系数或者说它们的相关性并不是非常大,而导致在整个投资组合管理里面就可以很有效的分散风险,而导致相关的投资如果纳入 20% 的管理期货基金或者期货投资基金的话,而导致相关的投资会变得更为有效一些。海外的期货投资

基金,如果加入20%的话,回报会更多,风险会更小,这是在整个海外投资基金里面最大的应用。

今天跟大家介绍的是独立的资产类别。做一个总结,相关的期货投资基金有五大最主要的不同之处:

第一与传统的投资类别有不同,可以有效地分散投资风险。

第二如果投资人和投资机构拥有一个投资组合,纳入了期货投资基金的话,可以有效地降低整体的投资风险。

第三能够增加相关的回报。

第四不管市况掌声或者是下跌,都有机会获得回报。在过去牛市的时候,管理期货基金或者期货投资基金会有明显的上升,但是在熊市的时候,2008年也好,1987年也好,其实相关的基金也有正回报。

第五环球期货投资基金是投资于环球期货,所以流动性特别好。

目前所有期货市场以环球的资产配比来说,除了星期六、星期天休息一下,星期一到星期五的时候是24小时运作。香港交易所完结之后,到欧洲的交易所,欧洲的交易所结束之后到美国的交易所,美国的交易所是凌晨5点结束,他们还有场外交易。早晨8点的时候,其他的交易所又开始。期货交易所这么热最主要的原因就是24小时的运作,因为24小时都在运作,相关对于电脑的配置或者对于电脑系统的要求反而会更加多。这就是为什么期货投资基金在海外得到应用,刚才就是跟大家普遍的分享了海外的相关投资。还有很多国内投资的专家,他们会跟大家分享关于期货业务创新的知识,我今天的内容就是这些,谢谢大家!

期货投资咨询业务模式及产品设计思路

北京首创期货副总经理　宋立波

尊敬的各位来宾,期货的同仁们,大家下午好! 非常高兴给我提供这样一个机会,跟大家一起探讨这个话题。

我们知道,从 5 月 1 日开始,期货公司,期货咨询业务办法正式颁布实施,我们也知道,在这之前和之后,期货公司相关的一些筹备业务已经陆续的展开,最直接的一个体会就是我们身边有很多同事,包括高管也就期货从业资格进行了紧张的备考,这是我们最直接的感受。包括媒体的关注,还有对于各个期货公司高管的采访,这个业务到底怎么开展? 这一块应该讲是具有很好的热度。

值得一提的是前不久在杭州的一次投资基金业务的时候培训班上,我们中国证监会期货二部的吴处长给我们做了一个《办法》的解读,对投资咨询业务将来运行前景做了展望。听了这个之后,应该说我们大家深受鼓舞,而且在那之前曾经有人对包括我们今天的一些领导和同仁认为期货业务的开展有诸多的困难,包括收费问题,服务水平提升问题,甚至形象的比喻说是鸡肋。但是吴处长的看法不是鸡肋,有可能是牛腿,甚至是象腿,而且他进行了充分的论证。确实按照他的观点来看,这是一个提升的很好的机会。这是属于期货公司自身的业务里面尚未引入竞争的一个很好的领地,所以这一块如果我们期货公司能够把握时机,把这个机会抓住的话,我们的业务会有一个质的提升。

对于我来讲,应该说从事期货研究 10 多年的时间,一直做这个研发。包括近两年,目前在首创期货是分管研发和产业服务,所以投资咨询业务的推出对于我来讲应该说是充满了期待。具体投资到投资咨询业务的发展,大家的关注度也是很高的,我们有一个很切身的感受,以往在单一的业务模式里面,研发的价值体现是的附属于经纪业务的,我们经常会跟踪一些大的产业客户,跟踪了很长时间,周期非常长,环节非常多。最终客户可能跟你谈手续费,能不能再优惠一些,让你哭笑不得。所以有了这样的业务,我觉得我有信心,能把多年来我们研发人做的一些努力,经过我们进一步的提升能够把它产生价值,所以我对此也是充满了期待。

跟各位交流四个方面的内容,前两方面是期货投资咨询业务的推出,还有就是期货投资咨询业务模式的探讨,在近几个月通过一些资料的收集,通过参加培训班,包括跟同行同仁们的交流,和我自己在分管首创期货投资咨询业务开展过程当中的一些思考,和我们做的一些部署进行了一个整理和汇报。后两项是从专业的角度,包括产品的设计思路和首创期货服务产业客户的案例分享,跟各位进行一个交流。

首先从三个层面来认识一下期货投资业务的推出给我们带来的一些影响和意义。从市场功能的发挥上,毋庸置疑,期货投资型业务的推出有利于引导和推动期货公司产业服务专业性和服务水平的提升,进一步促进市场功能发挥。我们知道期货市场是定向功能,还有就是套利保值的功能,第一种业务类型就是针对产业客户的风险管理顾问咨询业务,通过这样一个专业市场的发展,无疑会起到推动作用。还有就是行业的角度,投资咨询业务的推出会引领我们的期货行业向质的提升转变,会摆脱以往单一的手机费竞争的格局,通过高水平、专业化和差异化的产品和服务,来提升一个竞争的层次,这个也是很显见的。可能从期货公司的层面,投资型业务的推出会带来业务创新能力以及营销管理水平的比拼,并将最终改变未来期货公司的竞争格局。这个我们从国外期货投资咨询业务的开展情况,以及从券商的咨询业务和相关业务的推出来改变的收入结构,我们都是可以很容易的理解。

《试行办法》里面对于投资咨询业务的定义是这样,期货咨询业务是指基于客户委托,期货公司及其从业人员开展的风险管理顾问、期货研究分析、期货交易咨询等盈利性业务。用几个横线把这几个要素进行了一个着重的提示。主体资格,还有基于客户签署的委托协议,以及我们从事的咨询业务的内容,还有它的一个盈利性的特点,把投资型业务进行了一个完整的定义。具体的阐述大家可能也都很清楚,就是从这三方面来展开,第一类和第二类基本上是围绕着产业服务和机构投资者的这种投资需求,第三类可能更加侧重于交易环节,交易技能提升的本身,也引发了一些程序化和量化投资的产品等等这种提升。

通过网上搜集资料以及《办法》出来之后答记者问,我觉得有句话引起了我的注意,这对于投资公司开展业务是很好的导向作用,就是"监管部门是积极支持和鼓励期货公司根据《试行办法》,从实体企业、产业客户以及机构投资者的风险管理需求出发,发挥期货行业专业优势,开展以风险管理顾问服务为核心,期货研究分析和期货交易咨询为支持的期货投资咨询服务活动。"这样就把我们三个业务当中的一些侧重点划分出来了，也是给了我们一些启发。下面是从合规的角度对《办法》进行了一个解读，第四章单设了防范利益冲突的问题，还有基本从合规的角度一般的合规要求，这个对于我们理解这个业务的推出，包括一些流程的设计，包括合规的一些把握是有好处的。

从台湾期货公司投资咨询业务模式的借鉴以及券商投资业务的开展，从中吸取一些好的模式和经验，对于国内投资公司开展期货咨询业务进行一个探讨。台湾期货公司投资咨询业务模式从市场的发展来讲，台湾的期货虽然是 1993 年才开始推出，而且刚开始推出就是直接期货业务，2002 年推出了期货顾问业务，是提供研究意见和推荐建议。2003 年推出了期货经理业务，就是我们所说的期货资产管理业务，而且在台湾来讲，把顾问业务和经纪业务统称为服务业务，与自营和经纪业务是并行的。台湾期货公司的业务里面对于投资咨询业务的开展也有一些合规性的要求，组织内控要求成立专门的部门，顾问事业部内部划分研究处和投资顾问处。投资顾问处基本上是类似于我们的一个客户经理，直接面对客户，但是要有专业的一些咨询环节，研究处主要是负责赚一些投资建议，还有一些相关的咨询信息，包括举办一些投资讲座。而且他们对于投资顾问业务的开展进行一个月度绩效的评估，这一点对于投资咨询业务的开展是有一个持续的跟踪，这是我们可以借鉴的地方。它开展三类具体的业务形态，包括调研和分析报告，再就是买卖的交易信号，这个信号是通过一些决策支持系统发出买卖信号，还有就是培训业务，就是课程的一个讲座。国内投资咨询业务的推出是侧重于产业风险管理顾问，还会有一些区别。具体到台湾期货公司的业务开展上来讲应该是各具特色的，不是面面俱到，而是找出自己的优势方向。

举一个例子，也是我们上次在杭州咨询班上，台湾一个人士讲的内容，比如台湾一个期货业务就是定位在培训环节上，主要是以讲授为中心，面向散户，涉及培训业务的发展，在市场达到 65%。而且投资业务的规划是以课程为主，占到营收的 80%，以会员为辅，是这样两种服务的方式。另一家公司就是台湾的大华期货业务顾问，是定位为全方位的形象，经纪业务和投资业务是兼顾的，目前的贷款理财排名是第一位。他们具体的业务形态是分为一般服务和专案服务，一般服务可能主要的就是以咨询，就是课程的收入培训的开展为主，专业服务是针对个性化一对一的服务，还有就是程序化的一些业务，在专业服务里面。

以上是台湾模式的借鉴，接下来简单地总结一下券商证券投资业务的开展模式。首先投资咨询模式在券商里面肯定研究部门是主体，在这里面我们重点考察一下它的研究部门的职责和定位,以及研究部门的一个组织架构,咨询产品和服务流程。一般分为三类,包括战略咨询、信息咨询和管理咨询,具体来讲是对公司发展的规划、领导层的决策提供一些服务,比如说对于经纪业务提供一些支持,再就是对外部相关的机构提供一些专业化的信息咨询和管理咨询服务。具体来讲,重点谈到第三类,比如说针对证券投资基金,社保、保险提供的一些专题报告,还有就是针对一些经纪人和一些大户,专门一对一的提供一些新的咨询,还有就是担当企业的财务顾问,在资产规划等等方面提供一些咨询意见,还有就是提供客观可行的研究服务,这是券商的信息咨询服务和管理咨询服务的内容。这个对于我们期货投资咨询业务的开展,面向产业的这种咨询服务的开展应该有很好的借鉴。虽然证券的投资服务对象和期货投资服务对象不同,但是他们大致服务的流程应该是可以借鉴的。

从组织架构来讲,我们可能都很熟悉,券商大致可以分为"野村模式"和"美林模式",野村模式是高度集中的独立研究所模式,目前是日本的野村证券和国内部分券商采用的,可以取得明显的规模效应,人才的储备和培养和业务集中上有明显的优势,因为拥有一定的资源,独立的承担职责,所以优势也是很明显的。但是也是有缺陷的,由于是一个利润中心,所以在利益的启动下,他可能影响到一些决策的独立性。再有就是强调业务部门的外部独立,跟公司内部服务之间缺乏一些协同的效应,这是不足的地方。

"美林模式",大部分的研发力量是分布在各个业务部门的,会根据地区以及客户类型的不同单独组建自己的研发团队,针对客户的需求能够切实的做一些咨询的服务。目前是美林、高盛等欧美投行大部分的研发体系采用。它的优点就是跟相关业务之间的联系非常紧密,可以充分的体现为客户服务的经营理念,效率会很高。弱项是由于相关部门之间可能会影响到一些观点,因为是以市场撼动为主,所以在研究的独立性上可能会有一些影响。而且我在想,由于研发力量是分散在各个业务部门里面,可能不利于公司整体人员的储备和资源的整合,这两种模式应该是各有优缺点。

咨询业务的服务流程应该首先基于价值的创造过程,从证券的投资分析到成果转化为证券投资产品,最后通过个人投资者和机构投资者实现价值体现,有这样一个流程。在这个过程当中,证券分析师的角色和投资顾问的角色是一个相辅相成的环节。举一个例子,这是美林证券的投资建议和市场情况的服务案例,按照它的投资业务流程,首先最前端的是投资顾问,跟客户之间有一个沟通,确定一些目标,就是设立目标阶段。第二阶段是制定策略阶段,基本上是投资顾问要把客户的需求反馈给研发团队,由研发团队进行一些投资组合的产品设计,还有一些策略的制定。然后把实施的方案回馈给客户,最后跟客户进行一个定期的沟通和跟踪。然后做出调整,就是制定目标、设定策略,还有实施方案,就是把投资咨询的价值传递出来了。国内的券商,这是来自于一个券商的投资服务平台,应该是全方位、个性化的投资体系,可以提供的是互动交流个性化的服务模式,包括销售经理的交流平台,分析师的互动交流,还有会议的推介,上市公司的交流,委托定制的服务,还有研究资源的共享等等,会为机构客户提供全方位的咨询服务内容。

综合了证券咨询业务的开展,对于我们期货投资有哪些启示?首先从西方证券来讲,客户的需求是我们开展业务的核心和出发点。注重业务的关联性,再就是研究要各具特色。对于我们来讲,研究部门如何进行定位才能使得研究成果的转化路径更短、效率更提高,再就是研究力量要占哪些配置?很明显的就是核心业务的资源配置应该是创造更好的效益。在加大业务创新方面,应该是充分的体现以客户服务为中心的架构理念,这是从全方位的架构和服务流程上能够获得的启示。

接下来就是我自己的理解,和我在公司分管投资性业务的开展筹备阶段我们一个模式的探讨。有一些比较原则性的认识,以高端客户为定位,以服务客户为中心,以市场需求为导向,按照这样一个思路进行我们的业务模式构架。咨询业务目前来看,大体有三种模式,其实也可以归纳为两种:第一种是按照《办法》的要求,设立独立的部门开展投资咨询业务,这个部门怎么设立?什么样的职责?包括总部单独设立这样一个咨询部门,行使的是统一协调管理的职能。具体的业务实施放在研究院,以及各个营业部里面。第二种是整个管理职能应该是纳入经纪公司里面现有的业务管理体系,单独强调的是业务实施部门,有这样两种方式。一种是研究院平行设立投资咨询部门,二者统一搭建一个咨询业务产品开发和服务平台,而将业务营销和客户服务职能放在业务单元。还有就是依托研究院,在它的上面或者下面设立投资咨询部门,以一二级部门的建制架构来开展业务,同样还是把业务的营销和客户服务的职能放在一个单元。从两者来看,我现在举了三种,实际上总体来讲是第二种和第三种可以合并为一种,主要就是把研究部和投资咨询独立出来之后,形成了业务实施部门。具体的管理还是沿用原来经纪业务的管理体系,目前首创期货是基于第二种思路来进行业务的搭建。

模式的选择,我个人认为应该考虑的因素就是,因为肯定各个公司的情况是不一样的,一个是公司现有的研发机构职能定位以及跟业务单元的协同管理如何,还有就是公司咨询业务的发展未来的总体规划是什么样的,这都会影响到公司对于组织架构模式的选择。还有就是目前公司核心的品种和业务是怎么样一个分布的格局,这个也会在架构上有所体现,尤其在业务开展的初期。咨询业务的管理模式,首先从风险管理顾问应该引入一种项目管理制度,交易咨询类、业务管理类应该是重在产品的设计与完善服务流程的建立,项目组因为我们以往,包括前期我们做经纪业务的时候研发的这种价值体现更多的是通过经纪业务来实现,所以对于那样一种模式可能我们会比较熟悉,但是项目管理制这里面要求我们的一些管理上的环节会比较多,比如说团队的搭建,在项目经理、品种研究员、产业研究员、财务顾问还有其他一些产品推广客户经理方面,还有具体的要求。而且这里面项目经理本身素质的要求是非常重要的,他应该熟知企业管理咨询项目的流程,并且对于相关的产业环节有丰富的经验,并且能够熟悉项目团队,协调把握项目运作等等。在券商咨询项目里面,包括一些大的投行项目的推广上,项目经理起到非常重要的作用,他的经验有的时候会直接决定这个项目的成败,所以这一点在我们风险管理咨询类的一些项目开展的时候是非常重要的一个环节。业务流程也应该按照不同业务类型的特点来进行一个梳理,我就不展开了。

定价模式的探讨也有相关的人员进行一些讨论。目前来讲,咨询项目的付费基本上就是所谓的成功费,利润分享,固定费用或者是几种类型的结合。我个人认为,期货投资型业务的收费可能大体为两种,一种是直接收费,我们可以按照项目总体的咨询费来收取,还有一种方式可能要通过间接的手续费高收的两种形式体现。在这里很明显,风险管理咨询顾问采取固定收费的方式比较合适,而且可以采取所谓的分期付款的方式。风险管理顾问建立了体系之后,在进行套息保值交易的时候,就涉及对顾客长期服务的问题,套保交易一般是实行免费制比较合适,而且在具体收费的时候,还可以采取一些浮动收费的方式。套利方案还有单边的投资方案产品设计,收费模式可以采取免费制,也可以通过手续费高收来进行体现。在这个业务推荐策略上,我的理解是在筹建期我们可能重在专业团队的打造,产品间的梳理,建立业务模式和业务流程,并使之不断地完善。业务启动期,应该是一个阶段的过程,还不会很快地有个明显的效果出来。应该立足公司的优势品种和优势模式,有重点的去开展,包括对客户资源的挖掘,创出一个案例和品牌,这个可能在初期是非常重要的。

有一个探讨比较多的问题就是咨询业务的开展跟经纪业务的开展是不是会

有冲突？这种冲突会不会表现在似乎是同样的内容，可能会有是不是收费的冲突，这也是我们在内部讨论的时候大家提出最多的顾虑。我个人认为，解决这种途径可以考虑的一种策略就是在产品与服务的个性化和差异化上，比如说你报告的共性和个性的区别，咨询项目的广度和深度的区别，甚至是咨询顾问的选派，还有产品和服务的时效等等，在券商针对大客户的服务里面我们已经看到了这种差异化的内容。还有一点就是成功的推动咨询业务的开展，考验的实际上是一个公司的创新思维和创新理念，包括产品创新、营销模式创新以及管理的创新，我觉得思维的创新也是非常重要的。这里面需要达成的一个共识就是高端研发是有价值的，咨询业务和经纪业务之间实际上是相互依存的关系，是可以相互促进的。

期货投资咨询产品的设计思路。期货公司投资咨询业务的定位，应该是从衍生品综合服务提供商定位开始，这一点也是上次培训的时候，证监会吴处长的提法，我觉得非常好。具体来阐述的话就是以期货为基础，以风险管理为依托，以市场需求为导向，为客户提供一揽子的解决方案，而且要区分投资者和客户，这一点我觉得还是比较准确的。它可以不成为我投资的经纪客户，但是可以成为我咨询服务的对象，意味着我的收益不仅仅是从经纪业务开始。在产品设计方面应该有创新与产能结合的咨询服务模式，还有就是金融工程量化投资的运用，我们会看到发挥越来越大的价值。再就是深度挖掘交易咨询业务的创新能力，对于未来资产管理业务的人才储备、产品创新还有风险管理的水平提升都是非常有意义的，从这样几个角度来思考。

风险管理类我的看法就是应该在深度调研、挖掘企业风险管理需求的基础上，制定完整的风险管理顾问咨询项目服务菜单和收费模式，企业可以多选，也可以结合细分企业的风险管理需求类型，我们组合成一些产品的套餐，从而形成标准化的风险管理顾问咨询产品线。具体传统咨询服务的产品面向产业客户的内容我积累了几项，包括套保系统化的专业培训，各个层面的，还有就是平台的搭建，套保策略的制定，还有改善在现金流上一些好的策略，再就是期限结合的套利产品，这是传统的产品概念。针对上市公司的特殊群体，它的衍生品服务方面我觉得也可以做一些工作，如果这个企业的产品是一个期货品种，我们可以考虑给它首先提供一个基于期货品种完整的产品保值解决方案，可以进行上市公司市值管理的服务，基于提升资金的使用效率和稳健收益的财富管理咨询，可以把我们期货公司有些稳健获利的一些，包括期限套利相关的产品可以推荐给企业。再就是在其他基于企业经营的一些衍生品风险方面，我们可以提供一些专业的调研分析以及评估,给客户提供这样一些服务。基于银行的风险管理顾问里面,比如说融资的配合,还有就是有没有可能未来银行贷款业务方面要引入专业的风险评估,来自于市场价格风险评估,包括衍生品一些相关的运用,我们也会从中带来我们的咨询服务内容。

研究分析类我不多讲,因为大家都比较熟悉,谈一下支撑体系。可能将来研究产品或者研发报告能够收费,我想我们需要这样几个要素。首先是研究框架,研究数据平台,还有分析师的专业水平和经验,再就是有切切实实的信息调研。有了这样一个支撑平台,我们的报告才能够真正提升水平,才能够实现价值。交易咨询类我是从两个方面来理解,一种是在业务层面的,针对客户的一些交易提供一些个性化的交易策略,在个人或者是交易员的核心能力的体现,未来它的发展方向可能就是资产管理业务的一个方向。今天更多探讨的就是基于量化产品的设计以及相应的服务产品的建立。主要的方向可以考虑股指的期限套利,指数化的策略以及变化的产品等等,我相信现在有的公司开始做,不同的内容都开始在实施了。在交易类产品内容和服务形态上来看,可以提供买卖建议,或者是程序化的系统交易信号的提示,这一点在台湾我们也有借鉴,台湾的期货公司就是通过一些程序化的产品,为客户直接提供一些买卖的信号。直接可以程序化产品的提供,再就是辅助程序化定制产品的开发,还有就是辅助基金等机构,包括公募和私募的进行一些金融工程量化产品的顾问服务,是从几个层面开始做的。支撑的体系就是高端的金融工程人才,高效能的交易平台的引入,像国外比较传统的就是 Trade Station,国内的像 TB,还有一些公司自己研制的软件平台,现在也在开始陆续的推出。所以对于高效能交易平台的引入,对于我们推出交易咨询类的产品,尤其是程序化相关的产品是非常重要的。

值得提的一点就是,这种交易类型的产品需要一套很高效的服务体系,如果没有这个服务体系做支撑,这个咨询是达不到这个效果的。首创期货产业服务的案例介绍,也是想跟各位进行一个分享和汇报。简单地举四个案例:

第一是完整套保平台搭建的案例,2009 年新期货刚刚推出的时候,这是一家外省国有的铅锌冶炼厂,是国外企业。它的保值目标就是锌价已经高位调整了,企业 50% 的外国矿是谁采谁亏的状态,企业领导对于套利保值的目标非常明确。在这样一个潜力下进行沟通和模式的设计,还有模拟以及论证,协助部门领导建规建制,还有就是进行现场的培训,副矿长亲自带队,在我们公司进行了80 天长时间的培训和现场本公,我们也搭建了客户的交易群,效果是很好的。而且客户确实也提出来,我们在交易咨询服务的环节上给他们提供一些有偿的服务,甚至很细致的探讨了基于保本或者是盈利这些目标,制定一些考核的激励办法。但是这个事情无据可依,我们没法去收费。但是这个客户定期地通过一些季度的行情分析会,聘请我们去参加,然后包括在手续费高收上,包括引入同行的客户上,也是渐渐的给我们这种咨询业务提供了一些回报。针对这个客户,我们也确实制定了一些期货业务相关的表单,并且给他做了一些细致的模拟。

第二是国有大型的集团公司,是PVC的生产企业,也是经过了一些流程,从首次沟通到集团的套保模式和主架构,因为这个集团公司下面有四个厂做PVC生产,总部要统一搭建一个套保交易的管理平台分控平台,在这样一个架构之下我们给他们提供了三种基于集团和下属公司不同经销程度上,拟定了三种套保的架构和流程,得到了这个企业的认可,帮助他们引入了集团的套保利用管理办法。我们做了一周的专业培训,下属四个企业每个企业派2个人过来,从基础知识到交易进行培训。还有就是集团在推出业务之前有一个专场的风险评估会,首创的团队给他在之前做了一些基于7个月的风险矩阵,并且在他们一个总审计师一个老外主导的会议上做了答辩,也是很长的时间。很可惜的是,最终由于集团公司的主管领导对于期货风险的顾虑,这个项目处于搁浅状态。但是企业也提出了,我们要付费,说要付一点咨询费,说我们也是付出了很大的辛苦,对我们也是很肯定。将来他们要做起来的时候,也许我们第一单投资咨询顾问业务可能就可以从这个客户开始。基于期货定价的业务模式创新,这是一个房地产开发企业,总包方会违约,不会把额外的利润还给开发商,现在开发商主动找到我们,他们认为风险不对等,这是企业提出的需求。基于这个我们提供了一个创新模式,就是基于期货的定价,因为开发商针对总包方来说还是有很好的主导权,所以在定价模式上有主导权,我们基于这种情况提供了利用期货定价和保值的可调价的互通模式,也受到了他们的认可。并且针对套保开展的主体也是提供了三种套保利用的模式,这是我们当时提供的一些套保收益的曲线以及三种不同主体的对比。

第三是基于一个投标项目,投标一个20万吨的钢材采购招标项目,由于时间非常长,大概三年半的时间,所以存在最大的钢材风险,成本控制的压力非常大。基于这个情况,我们协助拟定了投标方案里面一部分内容,利用套息保值锁定成本,提升投标的竞争力。基于这个提供了一个方案,包括一些相关的测算。而且辅助他进行一个投标方的减标,在这个方面我们也派出了团队给他们做了相关的资料还有一些讲解的环节。这种项目是工程投资项目保值的技术细节,可能我们要从投标到中标,到开工建设整个过程当中的风险点和保值成本的预估非常重要,因为时间跨度比较长,不是很简单的套利保值就好的事情。所以在套保事件的选择,套保比值动态的测定,对于他来讲是非常重要的因素,这是技术细节。

第四个案例是铜金矿的进口定价保值模式。我是搞有色的,铜金矿进口业务的保值技术细节非常多,既面临着市场单边波动的趋势,还面临着内外的比价问题,还有就是定价环节本身会有很多的参数需要考虑,还有一些贸易商自身个体差异非常多,所以针对这个模式本身我们非常认真的对待这种咨询业务。具体来讲就是,他是想利用期货保值工具和融资手段提升资金的周转使用效率,把整个贸易业务规模有一个大幅度的提升。原来他是不做保值的,基于这样一个需求之后提出了明确的需求,基本的购销情况和我们给他提供的内容大概是这几项。基本的购销情况很复杂,进口金矿国内销售,而且有的时候还可以通过转口,还有就是铜金矿的采购国别不同,也有一些不同,在销售上溢价能力也不同。企业迫切需要在环节诸多变量的基础上提供一个可参考和稳定的保值策略,这是我们的立足点。基于这个客户的情况,我们给他提供了相关的技术环节,比确定购销环节的因素,相关参数的细节,计算采购成本、销售成本,还有就是机器点价,比价环境测算,以及基于基差和比价的保值策略,还有动态的跟踪,还有就是保值目标的设定等等,在很多技术细节上给他们提供了这样一个方案。

产业客户服务的经验,我们感觉成功的因素包括领导层的作用非常重要,团队的打造是根本,需要专业化的团队,他的经验、沟通能力是非常重要的,还有就是技术细节,包括客户群体是需要甄别的,比如说我们将来在投资业务开展的时候,什么样的客户群体会成为我们的咨询对象,这个确实是需要思考的。我的理解就是重点考察企业的类型、背景实力、管理水平、领导者的认知力和判断力,内部决策程序,提升效率以及咨询能力。再就是对于我们期货公司来讲,如果要很好的开展期货咨询业务的话,我们的产品和服务流程的包装是不可忽视的。再就是在引入一些技术手段方面,可以提升我们产业服务的核心竞争力,包括刚才我讲的技术平台,好的程序化交易的底层品牌,还有就是基于产业客户的一些辅助决策咨询的一些定制的交易平台和这种有管理功能平台的发掘,这是非常重要的。最后就是创新思维和需求的引导,为企业提供一揽子金融衍生品风险管理与参数管理解决方案,这一点也是至关重要的。

以上就是我搜集的一些资料和我个人的体会,跟大家做一个分享。希望跟大家进行进一步的交流,谢谢大家!

期货市场资产管理

中粮期货总经理助理 韩奇志

各位来宾,大家下午好!

刚才听了前面两位同事的讲课很受启发,大家委托我做期货市场的管理业务的发言。随着期货市场的发展,对于创新业务的追求是越来越强烈,刚才宋女士也提到了期货咨询业务,这也是新近推出的一个创新类的业务。传统期货的经营模式由单一的代理模式逐渐地向更高级别的,像管理期货、资产管理等更大、更广的范围开展。下面我就期货市场资产管理业务谈一下我的一些看法,希望对大家能有所帮助,有不对的地方也希望大家批评指正。

我分五个部分给大家介绍一下我对于这方面的看法,他山之石可以攻玉,我觉得资产管理在国内看来目前是比较新的,但是在国内已经发展了三四十年了,所以有些东西,我们可以从国外这个市场把我们的视角聚焦到国内市场上来。我介绍的包括资产管理定义,海外市场一些管理业务模式,中国资产管理业务发展历程,资产管理业务我的一些具体的想法。

一般与投资经营活动相关的都可以称之为资产管理的业务,投资者给资产管理人以盈利为目的的,给一定的报酬给资产管理者。更狭义的更多的讲的是金融资产,比如股票类的过程是现金类的,包括期货类的。最初是发源于19世纪的西方国家,当时主要是一些没有经营能力的人,没有资产经营能力,比如一些孤儿寡母这样的人,他会把资产委托给他们新来的管理人。还有就是像学校或者是教堂类的非营利机构,他会把他们的资产委托给律师或者一些银行家。随着资产的增长和金融业务的发展,资产业务变得越来越大,从这张表上也可以看到,到2007年为止,资产管理的咨询金额基本上已经到了58.9万亿的规模。主要分布的区域是这样的,主要还是在英美,包括欧洲一些比较发达的经济体,我们中国内地是在一个高速增长的阶段,但是我们的资产规模并不是最大的。全球资产管理投资对象基本上是核心的股票类、固定收益类和货币市场类的产品里面,基本上是占了74%,相对应的商品基金,就是我们商品期货市场在目前占的比例还不是很大,还属于在全球资产管理里面占的比较小的。

它的另外一个特点就是属于创新类的产品,盈利率非常高,大家可以看到,像这种对冲基金、私募股权,包括商品基金,这种都是创新类的产品,不像一些传统的产品,它的收益率非常高,而且复合增长率也会非常高,这是目前新时代资产管理业务的特点。基本上现在全球市场上美国的资产管理行业模式是可以是西方国家资产管理行业的代表,这个行业的组织结构基本上是这样一个框架,就是个人客户或者养老基金会委托资产管理公司投资到资本市场里面,或者是一些机构客户,包括个人客户会委托一些投资顾问,通过私募基金、公募基金投资到资本市场里面。这是以美国为代表的资产管理行业的组织架构,在目前全球三大券商他们在资产管理行业里面可以算是翘楚的位置,美林、高盛和摩根斯坦利这三大券商,他们在1999年–2004年资产管理收入是这样一个排列的情况,其中美林占的比重最大,它占到了23.55%,高盛投资银行业务占的比重最大,达到了21.6%,摩根斯坦利交易类占的比重最大。

下面以美林证券的业务为例,介绍一下西方证券的内容,美林是以客户关系为基础的,是以扁平化的方式处理业务的。主要是三个部分,第一部分是全球市场和投资银行,第二部分是全球私人客户管理,第三部分是美林的投资管理。这三部分分别是针对了三部分不同的客户,第一部分主要是为个人中小规模的企业和会员的福利计划提供全球衍生产品的服务,中间是MLIM,是为个人机构和客户提供资产服务的,就是我们讲的这一部分。另外一部分是为企业机构和政府部门服务的投资银行的业务,这是美林以客户为导向的组织架构。

尽管这个收益可能是资产管理业务的一部分,但是以美林为代表,他们强调的核心部分是风险管理。美林风险管理的基本理念是风险的控制比风险的识别和评估更重要,它坚持的原则是有界别的投资和严格的风险控制。美林的基本理念是必须减少难以承受损失的可能性,这是它的一个基本理念。在这个基本理念的前提下,他们建立了健全的风险管理组织,是一套风险管理体系,包括执行委员会、风险监视委员会、风险政策小组、业务单位和各种各样的管委会,这是整个的架构。同时他们应用多元化的风险管理工具,对大量的风险进行了量化的计算,然后评估和测量风险,进行控制,这是美林风险管理的体系,其实也是它的资产管理的核心。

这个风险管理过程是这样一个架构图,主要是通过这几个部分做了整个风险管理的流程,通过基本面的调查、组合的投资,包括跟踪和最后的销售,这是美林风险管理的具体流程。美林资产管理是通过这几类产品去进行服务的,可以代管客户资产,代客管理运营资本,或者帮助客户管理现金,或者管理他的流动资产,或者进行组合投资,是通过这几类的产品和服务进行资产管理业务。下面就是它的一些具体的产品,包括信托投资基金、养老基金、管理帐户和有些离岸基金等等,是通过各式各样的产品来推动资产管理业务。资产管理最终是要以盈利为目的,他们基本上是通过这三类:一是基本管理费;二是达标费;达到一个预期的收益效果,三是超额奖励。由于这三方面的推动,直接就影响到了美林业务盈利的构成,会激励他不断地做出他的业绩来,同时会根据业绩和风险质量做一个相应的配比。有些客户可能不一定要求很高的盈利,但是要求比较高的风险控制,有的客户可能要求比较高的盈利,所以说整个的架构虽然是建立在三种收费标准上,但是根据不同的客户类型,会设计不同的风险类的产品。通过美林的介绍,我们了解了一下国外大体资产管理的现状。

我们国家资产管理业务发展的历程,期货市场到目前也没有资产管理的业务,我们在证券市场上经历了四个阶段的发展历程,规模由小变大,由大变小,现在又在由小变大。

第一个过程是1993年–1995年,当时股市上市,大家对于股票认识还不是很深,所以有些个人的投资者做这些方面的业务,但是规模一般比较小。

第二个过程是1996年–2001年,是股市的大牛市,当时银行的利率也在下调,有些上市公司和机构投资者委托我们证券公司和基金公司做大量的资产管理业务。到2000年有的公司能做到200–300亿元的规模,很多上市公司都参与了这种业务,这个时候规模尽管比较大,但是业务相对比较乱,也出了一些问题。

第三个过程是2002年–2004年,随着股票进入低迷阶段,有些问题付出睡眠,这个时候政府的一些文件相应的就出台了。这个时候规模又在从大往小变化。

第四个过程是2005年到现在,证券公司第一个理财产品和证券项目都已经出台了,这标志着监管机构对于券商管理新一轮的引导和扶持已经有了成效,有些像工商银行、建设银行、交通银行也被允许成立了基金公司,由以前柜台销售个人理财产品进入到一个全面的资产管理的领域。同时像保险、信托和基金公司的发展势头很强劲,从2005年以后,整个资产管理的业务进入到一个相对规范的,由小到大的过程。

目前看我国投资结构的组织架构图现在基本上是这么一个架构,就是社保基金、保险公司、机构和个人,就是我们现在资产管理业务投资者的构成,基本上机构客户和个人是通过私募基金或者有些投资公司进行这种业务,保险公司通过开放式或者封闭式的基金进入资本市场,社保基金通过社保基金管理员的方式进入资本市场。

我国资产管理的业务经历了大概从 1993 年 – 2005 年 12 年的增长,中间出现了一些高速的发展阶段,也出现了一些问题。到目前为止,整个以证券为依托的资产管理业务运行的还是比较稳健和正规的。作为期货的资产管理业务,现在在国内还没有可以借鉴的东西,所以我们也是尝试着以国外的一些经验借鉴来探讨一下我们国内期货资产管理业务的一些内容。刚才前几位演讲者已经讲过了,包括焦先生讲过期货投资基金,还有宋女士也讲过台湾一些投资咨询管理业务的一些内容。其实在台湾和欧美市场,期货的资产管理业务运行了也是很长时间,也有很多可以借鉴的东西。刚才他们讲的一些内容,可能跟我下面有些内容是相对有些重叠。

标志着美国资产管理业务是《2000 年初商品期货现代法》,这是他们对于资产管理业务的一个管理办法。它的优势就是刚才焦先生讲到的 20% 对于股票和证券的资产配置。实际上期货资产管理业务有一个比较大的因素,就是刚才讲的在某个阶段可以战胜通货膨胀。就像下面这张表,随着这 5 年股票的收益是 – 0.42% ,债券是 0.25% ,债券是涨了 0.45% 。这个图票就是刚才焦先生介绍的比较详细的,在金融危机里面,股票是负的收益,债券收益是中间微调,比较偏稳的收益曲线,比较高的就是商品的期货基金,在这个金融危机里面表现的比较好。

这是期货市场 CTA 的分类,以巴克莱做的统计为参考,基本上可以按以下几种方式对 CTA 做分类,程序化交易模式主要是依照计算机程序做投资决策。多元化的交易模式涉及到的品种比较多,大概市场上有 700 多亿美金都是通过这种多元化的交易完成。另外一个就是专项的期货投资模式,就是类似于专做农产品型的或者专做货币型的,还有一种就是自由式的投资模式,这个就是属于以交易员个人投资经验为依托的,这种模式占的比例比较小,刚才焦先生也讲过。主要的现在大家来看,CTA 交易的模式还是以程序化投资为主体的,所以将来我们国内的期货 CTA 业务的发展,可能也会在这个方面表现的非常快速,非常迅速。

这边简单介绍一下欧美市场,日本和台湾市场 CTA 运作的流程和介绍。欧美市场基本上 CTA 的运作流程是五大部分:

第一部分是首先要说明投资的目标、市场和品种,就是我要做什么产品,我要做哪个市场，要告诉投资人。大部分基金都是在投资目标后面做一些市场强调，然后介绍市场情况。

第二部分要制定合适的投资策略，因为策略比较多，比如说是技术分析类的投资策略还是基本面分析的投资策略，是做一些短期的回报还是中长期的，这个也要明确的告诉投资人。

第三部分是选择投资组合，其实主要目的就是为了防范风险和扩大资产收益，这个在国外比较广泛，投资组合可以涉及到利率、股指期货或者是货币以及其他商品，包括金属、能源等等。

第四部分是实际交易过程，在这个过程当中可以运用风险管理的手段进行实际的交易过程，并且进行实时的跟踪，最后要对这个市场，或者给客户要有一个报告。这个报告包括对市场行情的回顾，或者是对自己整个风险控制的一个解释和交易行为的这种回顾。对于这个组合的一些评估等等，这是欧美这方面具体运作的流程。

日本期货的 CTA 业务发展的相对比欧美要晚一些，他是在 1991 年颁布了商品期货经纪法，到 2010 年正式印编以后成为了一个行为准则。它的 CTA 分类主要是按照标的、投资策略和投资的币别做了一些这方面的分类，基本的运作过程和欧美 CTA 的运作内容都差不多。整个架构是商品基金到商品基金经理，就是 CPO，然后把投资资金建议分配到 CTA，整个交易的过程最终都要通过期货公司这个环节，这是商品基金。一般性投资者就是直接通过 CTA，通过期货公司把指令下到交易所，这是 CTA 的组织架构流程。台湾 CTA 的运作流程有别于日本和欧美的组织架构，一般是通过期货委托人，跟 CTA 期货经理实验，把资金交付给托管银行，由托管银行代理委托人开户，到期货公司开户，然后代理下单。最终保值性支付是由 CTA 下指令给托管银行，保值金划转通过托管银行下达到期货经纪商，中间增加了托管银行的环节。台湾这个主要是考虑期货经理同时负责全权委托交易，资金运用和保管比较容易发生一些风险，所以设备保管机构环节来化解这个风险。

通过美国和日本 CTA 的分析，我们可以看到，基本上美国的 CTA 是全权委托期货交易的业务，附属于 CTA，日本是全权委托业务是属于商品投资顾问的，台湾主要是单独设立了一个全权委托交易业务的环节，中间尤其是有一个特定保管的银行，这是一个特色。通过对上面日本、台湾和欧美的一些介绍，我们来思考一下国内业务的一些开展，设计一下我们开展的思路。

我们以前期货市场，包括我们从事这个行业做的都是单一的经纪业务，我们主要的收入是来源于经纪业务的代理费。但是这个模式随着整个跑道收费是一个下降的趋势，随着整个信息的更加透明，整个资金运作的效率更加高，单一的经纪业务收费会走向一个下降的趋势，而资产管理业务和投资咨询业务要拓展期货市场新的发展空间，主要这个思路应该来源于我们对客户服务的个性化，科学化和我们自己的创新性。个性化主要是来源于市场的需求，客户的需求，我们对不同的客户要有不同的个性化服务，要体现出经纪公司的差异化。另外是来源于我们自己的期货公司自己对业务的理解能力，提供给市场差异化的服务。提高我们对于客户服务能力的同时，要逐渐的摆脱过去靠经验做期货交易的服务方式，要引进一些量化分析的工具，要引入一些概念，提供配置化的产品，我们本身就是降低管理的风险，我们要开发自己具有创新性的服务内容，美国富达基金就是一个很好的例子，他们管理大概有 700 亿的资产，他们就提出了实验室的概念，在自己的公司里面有很多搞金融创新的小组，是根据不同的客户提出来的很细微的差别，他们设计了很多不同的产品，他们自己叫实验室。

从产品的方面，我想谈一下大概我们的一些思考。在代客资产管理委托理财的类别里面，可能大概有九类东西我们可以尝试着去考虑，可能是将来发展的方向。首先是特定客户资产的管理，就是单一的客户委托。集合账户的资产管理，可能很多客户把资金放在一个集合账户里面。还有就是发展到再一个层级，就是期货的投资基金，我们可能会成立某一类资产的配置，我们要有这方面的思考，这是由低到高级的一个在产品方面的想法。我们还可以设计一些理财产品，包括保本型或者收益型的，这是理财产品的一些内容。可以做一些风险套利、趋势套利的产品，也可以做多品种组合，或者是单品种的产品。我们将来如果有了这个资产管理业务的话，可以设定一些我们需要的产品。在这个产品和交易模式之外，我们考虑可能还会有其他的一些东西能够是将来资产管理业务所从事的。刚才谈到投资咨询的时候也提到了几个部分，但是我们觉得可以设计成产品，一类是信息类的产品，我们可以给客户提供这方面的专业信息，或者是智能的交易平台，这些都可以作为我们这个资产管理的一个产品往外推送。另外可以提供一些培训，包括一些企业客户，包括一些客户对于风险管理方面的培训。另外我们可能将来还会通过搭建现货平台，在期货资产管理里面做一种类似于做市商的盈利模式，也可以设计成这种产品。有一些特定对象的风险管理方案，包括产业客户的套利保值方案，还有就是商业银行风险管理方案，我们中粮期货也在尝试着跟一些方面合作，推动这方面的一些内容。

就现在期货资产管理来讲，为我们提供了很大的挑战，同时也是提供了一些机遇,我们可以开展更广泛、更深层次的一些竞争。未来的期货市场,包括整个期货行业的发展,可能会通过各种创新业务出现一些行业的分化和差异化的竞争。我们公司去年成立了自己的资产管理部,也是想尝试着做这方面的思考,我们这个资产管理部和研发部是一块协同并肩,以我们自己的事业部和营业部为平台,明确了分工和定位,创出了自己的一套研发体系,推动了我们自己数量化的手段,培养了一些人才,主要是培养了一些着重于量化分析和策略设计的人才,这是我们思考的资产管理业务的一些业务流程。从了解客户的风险能力,到我们最终的交易账户分析和评估。

创新业务大幕已经拉开,我觉得期货的业务从单一的综合模式向一个更高层级的演变是一个必然趋势,因为这一方面可以使专业的人员做出更专业的事,另外一方面可以充分积累我们研究的经验和储备。这是一场变革,是一个新的序幕,我相信作为投资咨询业务的试点办法推出,在不远的将来,可能资产管理业务也会成为我们期货经纪业务一个新的增长点,谢谢大家!

台湾境外期货代理业务发展

新加坡大华黄金与期货有限公司业务总监 郑质荣

各位女士、各位先生、各位期货界的领导,大家下午好!

接下来我介绍一下境外期货代理业务的发展状况,由于我本身是来自于台湾的公司,我们在台湾所做的业务主要就是做境外期货代理业务。接下来我先以台湾发展境外期货代理的经验与各位分享,会提到目前国际性期货的状况,大陆期货商发展境外期货代理的时候可以发展的几种状况。

我们知道,在中国大陆是先有境内期货,将来才会开放到境外期货代理。但是台湾在这个方面是刚好颠倒,台湾是先做境外期货代理,再借由境外期货代理的经验,扶持台湾的期货交易所和台湾本土的期货业,所以这两个状况不太一样。在1980年代的时候,台湾很多非法的期货业者成立,大肆招揽业务,也产生了很多的交易纠纷和诈骗行为。这个时候台湾的主管机关决定把期货做一个立法,引入正规。在1991年的时候颁布了海外期货交易法,1993年的时候颁布了海法期货交易法底下的三项子法。在1994年的时候,台湾公告开放4个国家11个期货交易所60种期货商品。1995年的时候,日本6家期货商在台湾设立境外期货代理业务。1997年1月9日,SIMEX交易所推出了台湾道琼股指期货,这个时候新加坡交易所的前身准备了摩根台湾股指期货已经多年,但是一直没有推出。当美国的SIMEX宣布要上市台湾的股指期货的时候,相对的SIMEX交易所也推出了摩根台湾股指期货。

1997年1月9日挂牌上市之后,到1997年8月1日之前,台湾主管机关并没有允许台湾的期货商可以承做摩根台湾股指期货。这个商品因为很多外资法人和投资个人在台湾的现货市场有机会,所以他们进到这个市场当中做一些套利保值,让新加坡交易所的量能够缓步成长。相对于美国SIMEX交易所推出来的道琼台湾股指期货,由于时差上的问题,若干年之后这个商品就下市了。所以目前来讲,在台湾境外唯一跟台股有关的股指期货就是新加坡的摩根台湾股指期货。

1997 年 8 月 1 日开放了之后,这时候应该还是属于一个人工抬价的时代,上市公司有限。但是每一笔的态度投资人交易却必须要通过委托到新加坡进行交易,所以产生了一个交易的瓶颈。这时候 1997 年 8 月 16 日,台湾主管机关又公告开放,说新加坡交易所的商品可以开放开发业务,也就是说新加坡其他的结算也可以来承做摩根台湾股指期货交易的部分。但是结算还是必须要回归到负委托,也就是在台湾设立分公司的这些外资才能够做结算的业务,负委托会详细的提到。

1994 年是台湾期货元年,这时候有 14 家期货业者成立,另外也来了 9 家境外期货商在台湾设立分公司,成立了副委托商。台湾期货品种的开放并不是每一种境外的商品品种都开放,而是有一定的审核机制。这个开放的过程当中,除了监理机关主动公告开放之外,境外期货商,境外代理商还有台湾境内的期货商也可以来提出申请,或者是说台湾的期货商协会也会定期的做一个整理,然后建立起主管机关公告开放商品品种,所以台湾的境外代理期货品种是逐步开放的。

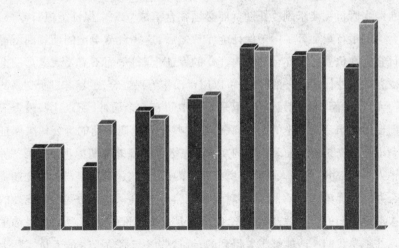

从这张图上可以看到,过去几年台湾在境外期货代理的交易量,深色的部分是新加坡交易所的交易量,灰色的部分是欧洲加美国的总和。各位可以看到,一个新加坡交易所的交易量约略等于其他欧洲加美国所有交易所的交易,其原因在于新加坡交易所的摩根台湾股价指数占了非常大的比重。我们看到深色的线条里面有 95% 以上都是交易新加坡摩根台湾股指期货,只有剩下不到 5% 的是其他的商品。深色线条里面 95% 里面又有一半以上是属于跨市场的套利交易,也就是说,台湾的投资人一只脚是坐在新加坡交易所的摩根台湾股指期货,另外一只脚是台湾股指期货上面。境外期货代理到底台湾的期货商产生什么样的影响？这个利润非常薄，虽然量很大，但是对期货商的经济贡献来讲是占35%左右。咨询业务的部分也是台湾期货商的一个收入，但是占的比例比较小，境外期货代理佣金的收益可以占到15%的交易量。

我们刚才提到副委托制度，台湾在成立境外期货代理业务的时候，主管机关就希望能够借由副委托制度把国外的经验带到台湾。所以这跟国际性的状况非常不同的是，台湾主管机关要求这些境外交易所的结算会员必须要来台湾设立分公司，接受台湾主管机关的监督之后，才能够承做台湾期货商的境外代理业务下到还要的交易所里面去。这个副委托制度，确实也让当初刚成立的台湾市场带来很多的便利性，还有成本的节省。比如说这些境外的期货商他们可以把他们整套交易培训的制度带进台湾，把他们的技术和经验引进到台湾，把他们的交易系统引进到台湾。所以台湾的期货商在开办之时不需要大老远把人员一批批送到国外去受训。所以他们是扮演了境外期货商品的认识还有交易人员、结算人员、分控人员、IT 人员的训练，同时也提供了一些商品行情分析的报告。

台湾主管机关要求副委托期货商必须在台湾成立一个保证金银行专户，由于在台湾的银行里面开了一个保证金专户之后，这些台湾本土的期货商就可以把保证金存在负委托上在台湾境内开立的保证金账户，而不需要大老远的汇到境外。在做境外代理业务的时候，可以用台币作为保证金，虽然客户所交易的商品是美元计价，而不是欧元计价，但是因为中间有一个缓冲，所以这些投资人可以用新台币交给台湾本土的期货商，台湾这些负委托期货商的母公司来保证保证金到境外的交易所里面。台湾的期货商怎么开展境外的期货业务？第一种就是营销人员的部分，营销人员占了所有业务的最大宗，还有就是与负委托期货商公司合办一些促销的活动，比如那时候我们常常办的一个活动就是到境外的交易所去参观他们的交易池，因为那个时候还是人工喊价的时代，所以交易池里面的景象并不是我们一般能够想象得到的，让这些参与期货业务的人员实际走访一次境外的交易所，参观他们的人工喊价，对于这些交易人员来讲是非常不错的经验，所以那是我们常常举办的一些活动。

另外境外交易所也常常会到台湾来跟台湾的期货商办一些活动，台湾本身的期货协会也会举办一些大型的促销活动。后来演进到电子商务的时代，台湾的期货商致力于发展 B2B 和 B2C 的交易。台湾的期货商背景大概都是证券集团，或者是金融控股公司集团，借由集团内部的交叉行销，也对台湾的期货商带来了很多的客户。有哪些经验是将来中国内地的期货商在发展境外期货代理业务的时候可以借鉴的部分呢？首先境外期货的成交量和市场占有率是非常重要的关键,在市场开放的初期,就必须要让市场占有率处在市场领导的地位,不但可以获得潜在客户的青睐,还可以先行达到市场经济规模。初期的阶段固定成本占总成本的比重并不高,但是随着网络下单的普及,客户对于交易环境的稳定度、安全性的要求越来越高,所以咨询设备的不断投入是期货商最重要的市场竞争武器。如果说这个期货商缺乏市占率作为后盾,这个期货商将没有办法提供更好的交易服务,而会被市场所淘汰,或者被同业并购,这是我们在台湾的经验里面确实可以看到这样的状况,就是一些比较大的也是发展电子商务的部分比较好的,持续的就是越做越大。整体期货市场在蓬勃发展当中,只固守利基市场终将会被同业的高成长所边缘化,高毛利的市场必定会被同业不断的挤压而产生利润下滑的危机。成本也是一个非常重要的关键,成交量竞争的核心关键在于成本,期货商往往以低廉的手续费以吸引大幅度增加的成交量,大幅度增加的成交量又可以大幅的摊平每一手的固定成本,使得期货商可以从境外期货的交易柜员那边取得更低廉的手续费,手续费的成本和交易量是互相为因果关系的。降价的策略并没有模仿的障碍,但是关键在于成本如何去做控制,以及你经营的效率。所以期货商唯有不断的跟进,改善交易流程,做到成本控制,才是期货商高管人员最重要的工作和挑战。

广告营销服务差异化的部分,广告营销的重点在于创造期货商之间的差异空间,借以吸引不同族群投资人的认同,并且建立公司良好的境外期货代理的专业形象。除了交易平台的差异化之外,很重要的就是必须要在交易完成之后的服务上面做努力,以建立客户对于品牌的忠诚度和依赖感,这样才能够产生服务的差异化。从过往的经验可以证明,咨询设备的投资可以创造出更高的交易量和获利,所以随着互联网下单的普及,期货商必须要在交易平台功能上以及使用者界面上精益求精,以期能创造出更好的业绩。全世界衍生性金融商品不断的推陈出新,唯有要求员工不断的充实相关的知识,提高素质,才能够应付将来的挑战。

从这张图可以看到,期货经纪业务是所有期货商业活动的核心,不管是从营销人员、IB、咨询业务,或者期货基金所带进来的期货单子,统统是构成整个经纪业务,又分成国内经纪业务和境外期货的代理业务。从事境外期货代理的优点有哪些?可以增加期货商业务的多元化,产品的多样化,再者增加企业套息保值的渠道。我们过去一些企业必须自行到境外去寻找交易伙伴,但是如果我们境内的期货商就能够做境外期货代理来讲的话,我们企业就可以就近的在本地的期货商能够进行套息保值。增进国际的定价能力,中国大陆在国际性的商品市

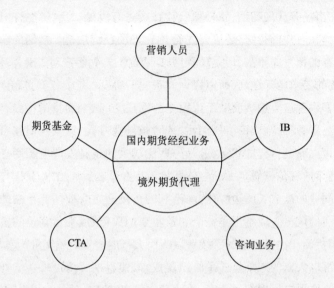

场已经占有举足轻重的地位,但是唯独在定价能力这个部分还是差了一截,所以这个部分如果我们能够做境外期货代理业务的话,相对的跨出国境之后也能够增强我们在国际上的定价能力。

借由境外期货代理我们也可以获得境外期货商品完整的信息,可以培养专业的人才。跨市场的交易也可以缩短商品行情上面的落差,可以引进国外风险控管机制和先进的交易系统,最重要的是可以减低很多非法诈骗的行为。再者,交易的信息非常透明,主管机关可以从期货商所上传的资料作为一个监管。企业套息保值面临的问题,我们过去有 30 几家国企,有套息保值的审批,听说现在好像剩下 28 家。也听说过去一段时间企业在境外做套息保值的时候,由于是单一账户,很容易在境外曝光,很容易受到国际性狙击手的狙击,所以产生了大量的亏损。解决的方法就是通过境内期货商的综合账户下到境外期货商去,不管是中国境内的企业或者是中国境内的投资人,把它的单子都通过境内期货商下单之后,通过一个综合账户下出去之后,个别客户的部分就不容易被国际性的狙击手所看到。

中国境内的期货商从事境外期货代理可以发展的几种模式:第一境内的期货商可以直接找境外的交易结算会员来签署负委托的代理,下到境外期货交易所去。第二国内期货商自己本身可以成为境外交易所的交易会员,当他的交易量和交易经验都达到一定水平以上的时候,他可以自行成为境外交易所的交易会员,结算的部分还是必须要通过境外的结算会员来进行结算。第三当国内期货商规模达到一定程度以上的时候,就可以选择自行成为境外交易所的结算会员,直接到境外交易所进行交易和结算。是这样三种发展的模式。

我们怎么样去选择一个适合的境外期货商? 首先是不是该国合法设立并被该国的主管机关监管的期货商,是不是境外交易所的交易或者是结算会员? 是不是有足够的资本额能够承揽大量的交易量? 我们知道内地的一些企业或者是个人在做交易的时候也是量非常大,如果是负委托给一个境外比较小规模的期货商来讲,当量达到一定程度的话,可能会被交易所先行布置,所以要选择资格足够的期货商。是不是有一个信誉卓著的集团为后盾? 2005 年有一个很大的期货商,由于他的 CEO 挪用客户的保证金 3 亿 5 千万美金,这件事情被揭发了之后,这个期货商一夜之间就倒闭了,后来被英国一家集团并购。所以当初如果他们后面有一个很强大的证券集团或者金融集团做背景的话,也许这个倒闭的状况就可以避免。境外期货商是不是能够提供快速安全的下单交易系统? 在境外交易分秒必争,现在都已经进入到微秒、毫秒的阶段,所以安全下单是非常重要的。境外期货商是不是能够提供风险的控制? 这是交易安全的问题。是不是能够提供境内的期货商在做境外期货代理业务的一个时候完善的培训计划,这个也是我们必须要考虑的方向。

排名	交易所	Jan – Dec 2009	Jan – Dec 2010	% Change
1	Korea Exchange	3,102,891,777	3,748,861,401	20.80%
2	CME Group(includes CBOT and Nymex)	2,589,555,745	3,080,492,118	19.00%
3	Enrex(includes ISE)	2,647,406,849	2,642,092,726	−0.20%
4	NYSE Euronext (includes U.S. and EU markets)	1,729,965,293	2,154,742,282	24.60%
5	National Stock Exchange of India	918,507,122	1,615,788,910	75.90%
6	BM&FBovespa	920,375,712	1,422,103,993	54.50%
7	CBOE Group (includes CFE and C2)	1,135,920,178	1,123,505,008	−1.10%
8	Nasdaq OMX (includes U.S. and Nordic markets)	815,545,867	1,099,437,223	34.80%
9	Multi Commodity Exchange of India (includes MCX – SX)	385,447,281	1,081,813,643	180.70%
10	Russian Trading Systems Stock Exchange	474,440,043	623,992,363	31.50%

排名	交易所	Jan－Dec 2009	Jan－Dec 2010	% Change
11	Shanghai Futures Exchange	434,864,068	621,898,215	43.00%
12	Zhengzhou Commodiy Exhange	227,112,521	495,904,984	118.40%
13	Dalian Commodity Exchange	416,782,261	403,167,751	－3.30%
14	Intercontinental Exchange	263,582,881	328,946,083	24.80%
15	Osaka Securities Exchange	166,085,409	196,350,279	18.20%
16	JSE South Africa	174,505,220	169,898,609	－2.60%
17	Taiwan Futures Exchange	135,125,695	139,792,891	3.50%
18	Tokyo Financial Exchange	83,678,044	121,210,404	44.90%
19	London Metal Exchange	111,930,828	120,258,119	7.40%
20	Hong Kong Exchange and Clearing	98,538,258	116,054,377	17.80%

　　国际交易所国际期货交易的状况,同这张表可以看到,第一名的交易所还是韩国的期货交易所,选择权非常大。目前上海、深圳和大连三个商品交易所都已经排到全世界第 11、12、13 强。去年刚成立的中金所去年也排名到了全世界的第 29 名,去年只有短短的 8 个月的交易,在今年应该更上一层楼。这是农产品期货的交易量,从前 10 名我们可以看到,有 8 名都是中国内地的期货品种,所以我们在农产品期货的交易量上是占世界举足轻重的地位。金属的部分我们可以看到,前 5 名当中有 3 名是中国内地的期货品种,所以我们在金属期货上面交易量是非常大的。这是全世界以类别来区分时候的排行榜,前面都是属于金融期货,第 5 是农产品期货,第 7 是金属期货。所以目前来讲,我们中国大陆期货品种还是在第 5、6、7、8 这个部位。好不容易在去年的时候有股指期货的推出,从这张表我们可以看出来,全世界期货的重心还会在金融期货。我们可以看到,美国公司、新加坡交易所、香港交易所都是股票挂牌公司,所以哪一天我们中金所也是股票挂牌公司的时候,各位记得这张图,你一定要买中金所的股票。按照地区结构分类的时候,我们看到 09 年的时候北美地区还是大于亚太地区,到 2010年的时候,亚太地区就已经大幅度的成长超过了北美地区。所以将来全世界期货交易来讲,它最主要交易的地方应该还是在亚太地区。以股指期货来看,目前第一名是韩国交易所股指选择权,台湾股指选择权目前是排行第 13 名。

　　中国在发展境外期货代理业务的时候有哪些优点? 首先我们有具有丰富经验的本地投资人,中国内地期货商已经具有相当的规模,不管是资本额、人员还有经验上面都已经有非常显著的成长。有广大的现货市场作为后盾,代表大量的生产者、中间商和消费者,所以对于套息保值的需求强劲,对于同一个品种的境外商品有一定的交易需求。从这张图表也可以看得到,跨市场交易会是我们将来发展一个很重要的重心,我在这里列出来相对应中国大陆四个交易所所对应的期货品种与其他在境外的部分相对应的境外交易所。其中我们特别看到,第 19 项我们中金所的沪深 300 股指,新加坡交易所的中国富时 A50 股指期货。这是追踪中国 A 股市场的指数,涵盖了上海以及深圳前 50 大的股票。从这个行业来分析,从这张图可以很明显的看到,金融保险类在沪深 300 和富时 A50 来讲都是非常重要的股份,其他的都是产业的股份。2008 年,他们的走势基本上是差不多的,但是从 09 年开始,可以看到两者之间差距越来越宽,到目前为止,他们的差距已经达到了 12.9% 了。不过关联性还是非常高,还是同涨同跌的状况。

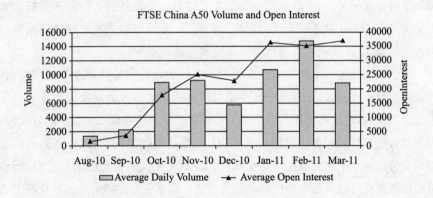

FTSE China A50 Volume and Open Interest

接下来是富时 A50 交易的状况,去年在新加坡交易所挂牌上市,开始几个月虽然交易量不是很高,但是大家可以从黄色的线条上面看到,确实在缓步的成长。我在这里举了一个例子,以台湾和新加坡的股指跨市场交易为例子。目前台湾股指期货每天的交易量大约在 10 万手上下,平常的只有 7 万。新加坡摩根台湾股指期货的交易量大概是 5 万手,未平仓量高达 17 万手。这代表的就是这些策略投资者或者是说机构法人,他们在做一个长线布局的时候就不会短线的进出,所以他们的持仓量会持续的增加。对于这张图表来讲,如果把这个经验复制到沪深和 A 股来讲,沪深目前的交易量大概是 15 万手到 20 万手,OI 却只有 4 万手,所以里面的投机性会比套息保值来得高。从 A50 可以看到,每天的成交量才几千手,但是每天的未平仓量高达到 4 万手,也代表一些机构法人和长线投资者已经开始进场在富时中国 A50 股指期货上面开始做一个布局了。为什么提到富时中国 A50？从台湾的经验来看，我们可以很清楚的知道，前面我们所提到的台湾目前交易新加坡摩根台湾股指期货大概有一半以上的量都是在做跨市场的交易。所以如果把这个经验复制到中国大陆来讲，在中国内地期货商做境外期货代理业务的时候，沪深 300 和富时 A50 对于跨市场的交易，一定也是中国将来的期货商在做境外期货代理业务的时候非常重要的一环。

台湾的期货业界跟中国大陆的期货业界将来是不是有可能在境外期货代理业务上面做一个发展？这次来参加这个盛会之前我也跟台湾期货协会的理事长和秘书长交换过意见。在两岸签署了经济合作框架协议之后，目前第一部分开放的是银行的部分，大陆银行可以到台湾去设点，台湾的银行也可以来内地设点，但是证券和期货的部分却没有办法进行这样的交流。所以台湾的期货业界现在抛出一个议题，我想也是大家可以探讨的一个方向。有没有可能中国大陆期货商跟台湾的期货商互为负委托，也就是说中内地的投资人如果想要交易台湾的期货市场的时候，可以签约然后负委托给台湾的期货商。台湾的投资人如果要交易沪深 300 或者是其他期货商品的时候，也可以跟内地的期货商来签订负委托的协议，这样就可以进行境外期货试点商的业务。

在中国大陆监管当局目前正在思考如何开放境外期货代理业务的同时，台湾的期货业也表达这样的心声，是不是可以从两岸之间互为期货代理作为一个出发点和试点，最后再慢慢的开放到其他地区的交易所来做一个境外期货代理。因为双方的监管当局都已经潜力了 MOU，台湾这边我也询问过，台湾的监管当局只要公告 4 个中国大陆的期货交易所以及这 4 个交易所里面的期货商品，台湾的期货商就可以承做中国内地的期货业务。接下来是中国内地的期货商怎么样能够跨出第一步的负委托制度，然后从事境外期货代理，我想这个是将来两岸期货高层、期货业界的领导们可以从这方面去做一个思考和探讨的地方。

我今天的报告就到此为止，谢谢各位！

第三部分

股指期货平稳运行一周年回顾与展望

中国金融期货交易所监察部处长　鲁东升

女士们、先生们,下午好!股指期货到目前已经运行一年多了,社会各界对运行一年的情况都有了很多判断,我今天就怎样看待这一年的运行的情况和市场功能发挥的情况和大家做一个简短的交流,谈谈我自己的分析。

从运行一周年的情况来看,我们总体上判断应该说达到了中国证监会宣布国务院原则批准股指期货上市交易时确定了目标:保证股指期货的平稳运行和安全上市。这是我们基本的判断。

我从几个方面给大家做个介绍。从一年运行的情况来看,第一,开户情况,如图,这个数字是到5月8日,基本的情况是一样的,到目前为止运行的开户数是将近达到了七万户,在开户的数量上是比较高,参与者是以个人为主,但是机构持仓的比例还是比较高的,主要的参与者是市场中的老客户和有经验的交易者。在开业之前是增长速度是比较快的,后来是比较的平缓,现在每天开户的数目是一百个左右,参与度是比较的适中。

79

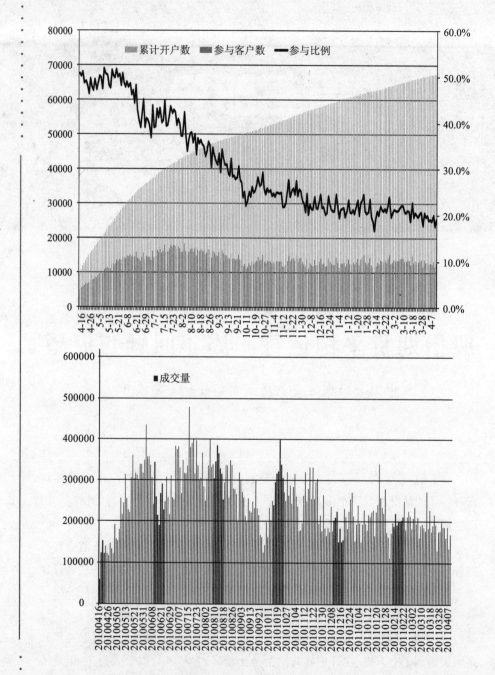

第二,成交是比较的活跃,平均日均的交易总数大概是 24.7 万,这是一年的总体的情况,也是经历了变化的过程,从产品推出初期开始迅速地进入了比较活跃的阶段,5、6 月份交易量很大,后来又逐步地下降到目前为止交易量维持在十

五六万手,我们认为这样的交易量还是体现了这样的市场明显的特点,交易是比较的活跃。

市场人士也有很多分析,分析市场的流动性是比较好的,对于一个运行一年的产品应该说按照国际公认的标准是比较成功的。这是第二个特点。

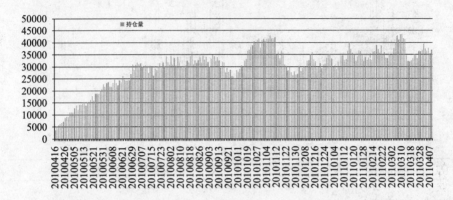

第三个特点,从持仓量来看,持仓量是稳步上升,呈现了这样的态势。在目前的每天的持仓量三万到四万手之间,最高达到 4.3 万手。我们认为在国内这样的市场在这种大的投资环境下,一年有这样的局面还是不错的。

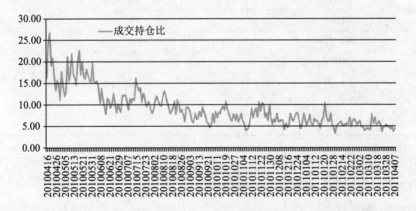

从成交持仓比来看是经历了产品推出初期比较高,后来是逐渐下降,目前 15 万手的交易量,持仓量 30 万手,基本上成交持仓比对近期很多的时候是高于 5 倍的,从趋势上来看逐渐接近境外的成熟市场,呈现这样的态势。

从价格来看,期限价格高度和级差一般维持在 20 个点以内,和主力合约沪深 300 指数的相关系数达到了 99% 以上,从市场规范的角度来看是非常重要的标志。20 个点以内,也有很多人做过分析,基本上处于无套利的状态。如图可

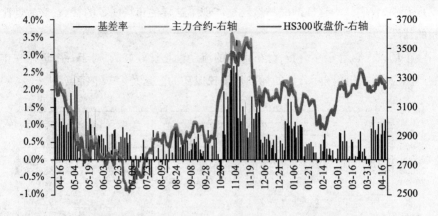

以看到。

	收盘价相关性系数
1F1103	97.54%
1F1102	96.58%
1F1101	98.66%
1F1012	97.29%
1F1011	98.91%
1F1010	99.75%
1F1009	96.76%
1F1008	99.37%
1F1007	99.19%
1F1006	99.25%
1F1005	99.44%

　　如图,这是不同合约收盘价的相关和现货的相关系数,基本在95%以上,从近几个合约的收盘价来看基本上在99%。

　　从几个合约的成交持仓的活跃程度,主力合约一开始就很明显的表现为是当月合同,实际上产品设计的阶段,包括产品刚推出的时候大家都有一个判断市场会是什么样,到底是当月活跃,还是季月活跃呢,包括前面我讲的特点,和现货的价差会小还是大,这也是市场初期设计的阶段大家最关心的问题,从几个合约的表现来看,当月合约成交量最为活跃,合约成交量主要集中在到期前的五周。

　　从横向来看,从切面来看,当月合约的成交量约占市场总成交量80%以上,持仓量占市场总持仓量的60%以上,没有出月炒作月合约的现象。

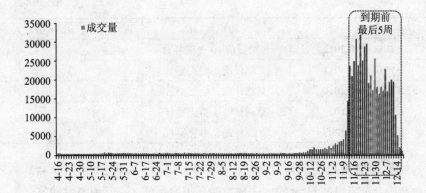

如图,4月16号开盘第一天12合约就挂出来,在去年的11月中旬之前交易量是很小的,整个合约到期前五周成交量占总成交量81.7%。

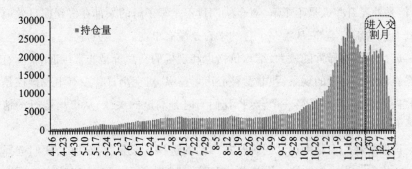

如图,持仓量的情况,持仓量的比例和交易量是略有下降,最后五周占同期市场总持仓量的达到62%。

第七个特点是主力合约的切换比较随意,我们切换的概念是当一个合约摘牌季月合约成为当月合约之后它的成交量和持仓量变化的情况,我主要是用变化的时间来体现的。切换起始的时间沪深300指数期货和成熟市场相差不大,基本上需要的时间,在交割日前的多数是在10个交易日内切换,所需的时间也是10个交易日以内,到后几个合约基本上在5个交易日以内,转换还是比较的顺利的。

切换合约	开始切换时间	切换所需天数
IF1103 和 IF1104	交割日前 3 个交易日	2
IF1102 和 IF1103	交割日前 10 个交易日	8
IF1101 和 IF1102	交割日前 2 个交易日	2
IF1012 和 IF1101	交割日前 4 个交易日	3

续表

切换合约	开始切换时间	切换所需天数
IF1011 和 IF1012	交割日前 10 个交易日	5
IF1010 和 IF1011	交割日前 3 个交易日	3
IF1009 和 IF1010	交割日前 3 个交易日	3
IF1008 和 IF1009	交割日前 4 个交易日	3
IF1007 和 IF1008	交割日前 3 个交易日	3

如图,这是用 12 合约做的比较。基本是在 11 合约交割前几天,12 合约的成交量和持仓量要超过 11 合约。这种切换是很顺利的。一年前当时网络上有各种各样的声音,很多人在说会出现到期日效应,关心会不会出现爆炒,从当月的情况来看,收盘的时候现场直播,业内人士也在现场做解读,业内人士解读很正面,但是外界有些人是不了解,对金融期货不是很了解的人都在讲到期日效应以及社会上的影响等等,从第一个合约来看是没有出现。

成交量没有异常的放大,结算价格也和现货的交割价是非常接近的,没有出现操纵最后结算价的现象,我非常关心市场操纵,对交割日有没有出现操控是我们监控的重点,特别是第一个合约,我们当时是高度的关注,从市场运行的情况看是非常好的。

证明了我们在制度设计的阶段在产品的选择阶段是很成功的,我们选择沪深 300 指数作为我们的第一个指数,很重要的原因是沪深 300 指数抗操纵性比较强,行业代表性比较的广泛,各股权重比较的分散,现在最大的是招行,比例是 3.5% 左右。

我们的到期日选择选择的一般是第三个周五,没有选择月末,最后一个交易日,也是从防范操纵的角度做的选择,我们的结算价按照沪深 300 指数最后两小时的算数平均数,主要是考虑抗操纵的问题。

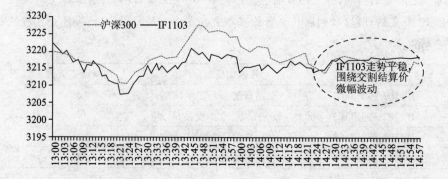

这样的制度设计的初衷实现了这样的初衷,没有出现操纵的问题,没有出现爆炒的问题。

交割结算价目前合约到收盘的时候大家可以看到,最后的收盘价和交割价基本上相差在一个点,应该说这是市场自然形成的,这点上股指期货是非常好的期货产品,是非常成熟的股指产品,市场里各种利益的博弈,各类投资者参与形成了这样的局面。

合约	交割量	交割率(万分之)
IF1103	966	2.1
IF1102	1425	5.1
IF1101	1018	2.1
IF1012	1351	2.3
IF1011	1113	2.0
IF1010	710	3.0
IF1009	926	1.6
IF1008	546	0.7
IF1007	1245	2.2
IF1006	1394	2.3
IF1005	640	1.9

交割率来看是比较低的,基本在一千点以内,手数超过一千手以内,交割率比率是非常低的,绝大多数投资者选择了在交割之前的停仓。

风控的情况,一年的时间在中国证监所的领导下,我们非常重视市场的合规,我们在产品推出初期不久就对异常交易行为采取了监管的措施,在去年的10月26号,对异常交易行为采取了及时发现,及时制止的监控的措施,这个过程中也得到了全体会员单位在座的很多人,得到了同业人员积极的配合,市场投资者也很理解。

对于防止市场过热,防止一般性的异常交易行为发展成为违规行为起到了关键的作用,对于处于市场总体的规模,市场的平稳发挥了积极的作用。对我们内部来说初步树立强势监管的态势。

从风险控制的情况来说,总体上我们的技术运行安全平稳。在开业初期我们提出了一句话"系统不断,数据不乱"这是对于交易所,对市场的组织者最基本的要求,在运转一年多的情况来看,没有发生这样的问题。

交易结算的流程顺畅没有发生大的风险,在股指期货当中,在中国证券期货市场第一次引入了分级结算的概念,这也是新的业务模式,从运转的情况来看,全面结算会员交易会员配合非常好,风控都做得不错,没有发生大的风险的事情,运转也非常的顺畅。

从整个市场资金占有率,我们的资金使用率是60%左右,全面衡量资金的使用率在45%左右,总体上金融期货推出这一年,包括商品期货在内,商品期货这一年也有大的行情,整体上不错,对于各个交易所没有出现结算的风险,我们现在听到的公司对客户的结算风险也很少听说,没有发生大的恶意的透支等等的情况。

对于我们来说没有执行过强行减仓的措施,强行的监管的措施是有的,主要是持仓超限的行为执行过,但是数量很小,这是风险控制的情况。

从这九个方面总体的判断,股指期货运行一年平稳、健康、规范。

这种局面是来之不易的,中国证监会在股指期货指挥的过程中确立了一个正确的指导思想,确保市场平稳健康作为一个首要的目标,一开始对整个制度设计从证监会到中金所把防止市场过热、促进市场平稳、不追求交易量作为我们的首控目标。

有这样的局面也离不开中金所各个单位和期货公司大力的支持与配合,我个人感觉到从我们行业来看,现在的市场大家对合规意识,大家的对市场的分析、判断更注重市场的总体的规范,更重视公司的长远的利益,这个当中是发挥了非常重要的作用。

对于市场投资者来说,大家也知道在股指期货中我们建立了投资者适当性制度,也是第一次建立这样的制度,我们基于对产品专业性的认识,确立了投资者要具备"三有一无"这样的要求,使得现在市场参与者应该说很成熟,具备资金实力,具备股指期货的基本知识,有相当多的投资者经验很丰富,这样的局面和各方、投资者,我们的中介机构,我们的从业人员,大家的共同努力是分不开的。

下面我简要介绍一下,股指期货推出之后功能发挥的情况,我后面讲的内容,有些是已经在市场运行一年中得到了比较充分的体现,有些还不是很充分,但是我们从理论分析,从国际市场发展的经验来看,下一步可能会出现的局面。

第一、股指期货的推出有利于股票市场价格形成机制的完善,股指期货的产品标的物是现货指数,从期货它的交易特点来看,我们是保底交易,可以做多也可以做空,这样的特点决定了期货的交易更加的灵活成本更低,对于反应现货指数进行预期的期货产品,期货和现货反应的市场基本面是相同的,反应的宏观经济政策的变化也是相同的,但是期货因为有成本低、交易机制灵活这样的特点,这样的特点决定了我们的价格的发现作用可能对于现货市场价格的形成有很大的促进的作用。前面我们介绍的价格,期货现货价格拟合度非常好,价差很小,但是这种体现有很多人做过分析,最后得出的结论不相同,有的说提前一分钟、两分钟、三分钟大概是这样的概念。

我想在产品推出初期,当时理论界有一个置疑是不是股指期货引领了现货指数的下跌。4月17号国家对房地产进行调控,国际金融危机的影响在国际上在进一步地体现,美国实行量化的货币政策对国内的货币市场也有影响,关于国内的货币政策也是通胀在增强。这样大的背景下,4月16日推出股指期货,股指期货推出之后价格,股票价格的下跌,当时理论上有一些置疑是不是股指期货在引领现货的价格,业内的人士都很清楚,期货是发现价值并没有创造价值,商品期货如此,股指期货更是如此,作为我们运行一年这样的产品,股指期货引领现货引领下跌我想对股指期货的误解,对股指期货的作用有一些高估。

合约到期交割平稳也证明了股指期货是符合市场的。股指期货的管理风险的功能也在逐步地体现,目前国内的主要的证券公司都开了会议,在证券公司基金公司的理财部也在逐渐地增多,有很多大的证券公司一年来发挥了很多对冲资源风险的作用。

对于我们的行业来说也发生了很大的变化,在股指期货从筹备开始,很多的公司引进了一些新的股东,许多具有券商背景的机构成为期货公司的股东,期货公司资本实力、期货公司的合规经营的实力都有很大的增强。从从业人员的情况来看,从业人员也有很大的变化,很多原来在其他金融行业的人士进入到我们的行业中,近几年有很多高校的毕业生也吸引到我们的行业中,这是前些年所没有看到。

从监管的情况随着股指期货的推出,中国证监会强化期货市场总体的规范,加强了基础平台的建设,分类监管等监管都在有序地推进,从对期货交易所业务的指导在逐步地增强,市场监控的水平也在逐步地提高,为我们注入了新活力。

投资者的结构也发挥了重要的作用,证券公司、基金公司在逐步地参与到市场中,这些机构投资者参与到市场中能够发挥他们作为机构积极作用,他们的专业性、人才、产品开发、技术风控等方面具有优势。

这样的机构投资者的介入对提高机构投资者的发展能力和竞争水平都会发生重要的作用。换句话说不同的业务模式创造出不同的产品,吸引更多的投资者参与都将发挥重要的作用,我个人理解金融期货对交易所是为市场搭了一个平台,后期的发展的空间是很大的。

股指期货推出之后 ETF 交易量在显著地增加,我们也注意到在其中的很多的 ETF 的交易者也开了不同期货的账户,跨市场套利还是在发挥着作用。

再有一个功能,对于促进商品市场、资本市场外部市场的融通发挥了重要的影响,股指期货推出之后通过商品期货和股票市场从市场中介机构、投资者都有很大的重叠,套利交易对于两个市场的连接、联动也在发挥着促进的作用。

随着将来国债利率产品的推出,对于打通资本市场和货币市场,对于外汇产品的推出,对于打通外汇交易和国内的市场都将发挥重要的作用,这是我简要做的介绍,谢谢大家!

股指期货多策略应用推动
金融衍生品加速创新

北京首创期货有限责任公司副总经理　程　功

　　各位领导，各位来宾大家好！很感谢上午前三位嘉宾对宏观经济和我们本身衍生品市场做了一个深入阐述。我这部分希望把大家目光聚焦到我们金融市场衍生品创新的本身，因为目前正值中金所推出股指期货一周年，股指期货的平稳性和有效性已经业界公认。但是我们更多在思考，如何进一步从市场的角度推动我们衍生品的进步。

　　我今天的题目是股指期货多策略应用推动金融衍生产品的加速创新，我们知道金融衍生品市场每一次创新需要两个推动力：一个是来自于我们决策，即决策机构——政府的推动；另外一方面要来自市场需求，即行业的需要。这里面我想更多我侧重于分析我们市场本身的需求推动，来观察股指期货以及其他金融衍生产品到底能为市场带来什么样的改变，从而产生各方面需求来推动进一步的衍生品创新。

　　我的演讲包括四个部分。第一部分：股指期货运行平稳催生了市场的潜在理财产品设计需求，并产生了新的交易策略；第二、三部分，我侧重讲一下海外同行的借鉴经验，来分析我们的股指期货、期权以及其他衍生产品；最后一部分是一个结论。

　　这两个图是股指期货挂牌初期两个月，从成交到持仓两个比较有代表意义的图形。其中数据代表是 2010 年 7 月，股指期货日成交从挂牌初期 10 万手增加到 40 万，4 月份从最初 7.8% 下降到 4‰，这个数据应该说是代表了一个市场的成熟度。

　　我们知道所有的套利、对冲及大部分的投机合约基本上集中到当月以及接下来季月合约。我们后两个季月合约占比越小，市场的成熟度越大。我国的股指期货运行不到一年，成熟度是非常惊人的。另外一个数字——持仓量——从

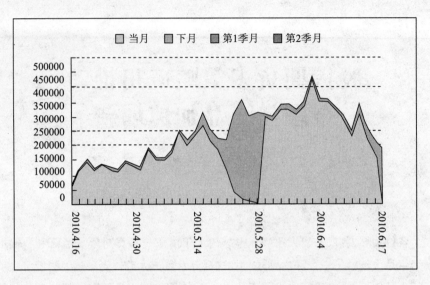

图1　股指期挂牌初期不同月份合约成交量分布

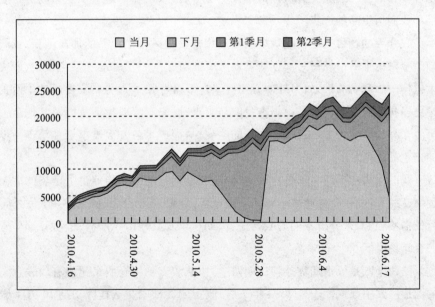

图2　股指期货挂牌初期不同月份合约持仓量分布

最初不到4千手,大家开始时议论我们成交相对于持仓过度活跃,是否投机太多,现在持仓从4千手稳步上升,现在这个质疑已经消失了。

另外是套利收益以及投资者改变,图形显示套利在初期,业内人士都非常清

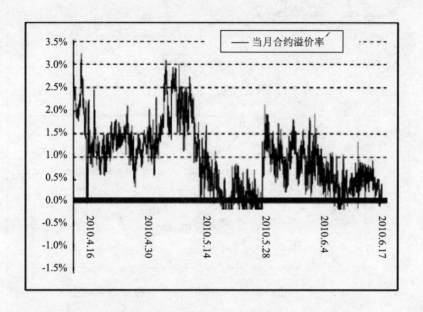

图3 股指期货挂牌初期当月合约溢价率（分钟数据）

楚在挂牌的初期一个巨大正基差回归,这样带来一种套利吸引很多资产入场。接下来一段时间,也就在短短两个月之内,迅速将我们基差归到正常市场水平,这是很多海外投资者,包括我们业内人士惊叹不已地变化。

图4尽管远期合约有理论套利收益,考虑到将近9个月成本,这个收益不对套利造成影响。目前我们机构投资者入场速度相对来说,还不是特别的快。主要投资者来自于券商和私募基金,公募基金包括专户、一对多、各种对冲产品正在加速入场,这同时会产生对于流动性进一步提高的要求。

股指期货本身由于具有了这两项功能,会给我们市场带来一些新增的投资策略。首先我觉得股指期货提高交易效率和投资效率方面有它得天独厚的优势,另外对于管理波动性风险,无论是上涨还是下跌,管理市场的流动性风险,以及市场专门针对市场系统性下跌风险,有着明显最佳对冲效果。而这样一些新策略,必然催生我们的金融机构在各个方面,在产品设计上,在新的投资思路上,自营产品上会应用到股指期货设计出新策略,从而获得超越市场平均水平的超额收益。

关于新的产品能够产生出类似于像绝对收益、绝对化理财以及增强型指数

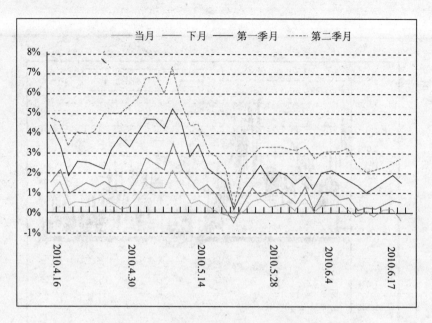

图4 股指期货挂牌初期不同月份合约模拟套利收益率

基金这样一些产品,而这些恰恰是在股指期货没有之前,市场不可能出现的。我相信,来自于市场的力量非常强大,需求推动着进步。因为目前我们整个国内金融理财市场,经过多年的发展还是略显单一。如果大量应用衍生品对冲,实现多策略变化,对于丰富投资者理财产品会有非常好的促进作用。

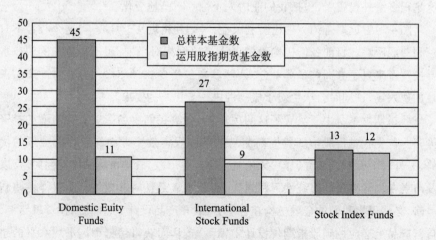

图5 各类基金使用股指期货情况

表1　　　　　　　　**主动基金 FTXMX 利用股指期货仓位**

报告日期	持仓合约	头寸	持仓合约价值/净资产	期货合约总损益	期货损益/总损益	行情价段
2009 – 10 – 31	50CME Emini S&P 500 Index Contracts	多头	2.60%	736.024	2.59%	上涨
2008 – 10 – 31	8 CME Emini S&P 500 Index Contracts	多头	1.30%	– 538298	3.98%	下跌

表2　　　　　　　　**基金中股指期 货的仓位情况**

基金名称	报告日期	持仓	合约价值/净资产
International Enhanced Index Fund（FIENX）	2009 – 2 – 28	多头	2.60%
Large Cao Core Enhanced Index Fund（FICEX）	2009 – 8 – 31	多头	0.80%
Large Cao Growth Enhanced Index Fund	2009 – 8 – 31	多头	8.30%
Large Cao Value Enhanced Index Fund	2009 – 8 – 31	多头	2.20%
Mid Cao Enhanced Index Fund（FMELX）	2009 – 8 – 31	多头	4.00%
Nasdaq Comoosite Index Fund（FNC-MX）	2009 – 11 – 31	多头	0.50%

资料来源：Bloomberg

我们看看海外市场对金融衍生品的应用。海外共同基金,类似于我们国内的公募,它的应用我们大家看一下,这三张图表分别表明了主动型基金,以及指数增强型基金,和全球基金的一些关于股指期货的使用比例。大家其中看到图5显示股票型基金13家当中有12家在用,国内目前公募基金里面,指数型基金产品应用于股指期货呼声最高也是最先进行研究的,这点我们跟不国外基本同步。

另外在指数增强型基金当中,关于股指期货持仓比例不大,但是始终保持多投头寸。在国外利用股指期货杠杆作用,能够在指数不断上涨过程当中,获得超越指数的一个超额收益。对冲基金,应该说在利用衍生品方面最富有经验的一个群体。而对冲基金现在最近两年,从一些数据看,关于事件对冲应用非常多,因为最近几年是我们宏观上,包括各个区域不断发生各种黑天鹅事件频出时代,关于事件对冲是关于一个嗅觉敏感投资人绝佳机会。

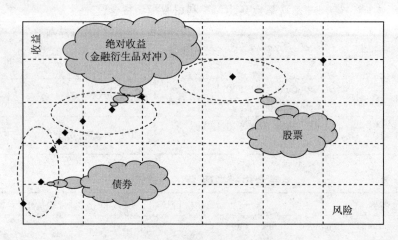

图6　金融工具与产品收益/风险分布

　　α基金是很多人研究的,希望从市场上除了对冲之外,能够获得一些主要策略。这跟本身机构的研究水平和实现策略的能力息息相关,期现套利目前市场已经逐步成熟的情况,期现套利空间正在越来越窄。所谓利用金融衍生产品实现绝对收益这样一种对冲手段,实际上就是希望衍生产品和股票现货,既实现股票高收益,又能规避由于系统性风险所产生的一种大额亏损可能,减少这种损失。其最终追求的希望能够获得类似于债券一样的安全边际,我觉得这是一个永远追求的目标,只能接近而不能永远达到。

表3　　　　　　　　　　　　海外对冲基金应用策略一览

对冲基金分突	应用工具	研究方法
可转换赢利	(＋转债,－股票(或－指数))	数量分析
偏向空头策略	(＋股票(较多),－股票(较少))	基础研究
新兴市场	新兴市场各种金融产品	基础研究、数量分析
股票中性	(＋股票,－股票),比率相等	数量分析
事件驱动	(＋股票),或(－股票),或(＋股票,－股票)	数量分析、基础研究
全球宏观	根据宏观经济在全球范围选择投资	基础分析
股票多空策略	(＋股票,－股票,(或期货))	数量分析

　　这个表是海外所有对冲基金的分类,应该说没有包括全部,这是一个主流的。海外对冲基金主要应用策略,主要是股票、各种债券以及期权期货产品的应用。那么,股指货关于其基差的讨论,一直是股指期货应用当中很多研究员关

注的问题。

"期货的到期结算规则＋套利"会使期货收敛于现货

期货结算(《中国金融期货交易所交易规则》之第七章第六十九条)

"股指期货交割结算价为最后交易日标的指数最后 2 小时的算术平均价。计算结果保留至小数点后两位。"

套利机制会使期货围绕现货波动

$F > S * \exp(r * (T - t))$ 时,卖空期货,做多现货,收益 $F - S * \exp(r * (T - t))$;

$F < S * \exp(-r * (T - t))$ 时,买入期货,卖空现货,收益 $S * \exp(\sigma r * (T - t)) - F$

套利使期货围绕现货指数波动!!!

海外市场期货与现货指数偏离幅度

从标普 500 指数期货、日本日经 225 指数期货、香港恒生指数期货、台湾证指数取货实际表现看,期货与指数的偏离幅度有限

这两项机制,大家都很熟悉,海外市场与期货指数的偏离程度是衡量我们国内金融衍生品市场走到何种地步重要依据,我们现在看一下四个已经成熟的衍生品市场。

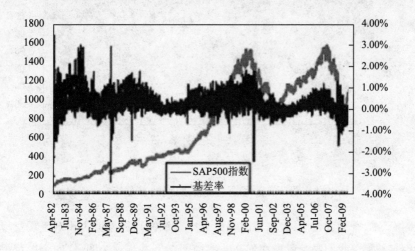

图 7   美国标普 500 指数期货的基差率

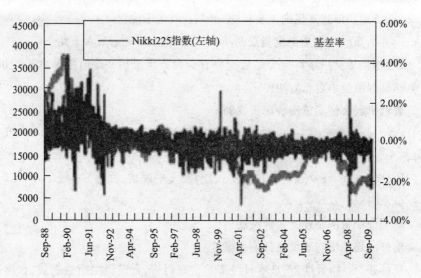

图 8 日本 Nikki225 指数期货的基差率

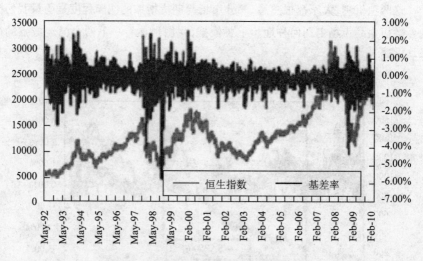

图 9 香港恒生指数期货的基差率

美国、日本、香港和台湾,大家可以看到其中蓝线波动数据就是相对于现货境外合约基差率。我们国家股指期货基差率前面已经看到这个图,这四个图都是各个期货市场股指期货从刚刚推出一直到 2009 年的数据。可以看到,这么多年基差是逐步回归,同时能够超出正负 2% 这样一个大幅套利机会越来越小,10 多年来,甚至 20 多年来只出现不多十几次。可以想像,我们市场关于进行套利产品

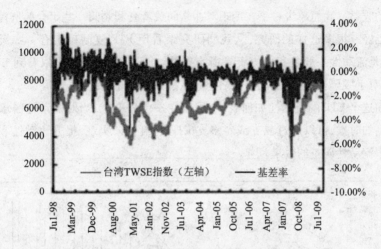

图10　台湾般指期货的基差率

设计的时候,会谨慎考虑。

我们看一下关于衍生品对冲的策略,股指期货对冲功能其实是由他两个特征来实现的。第一是反向,第二就是利用可以提高资金使用效率杠杆。我们知道股指期货如果实现指数的同步收益,可能只需要我们占用我们五分之一的资金,或者三分之一资金就能达到。基金等机构一般用其来配置固定收益产品,以实现能够跑赢平均指数的效果。

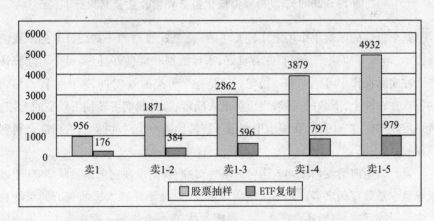

图11　ETF 组合与抽样复制组合之流动性统计(万元)
时间 **2010** 年 **4** 月至 **6** 月

这里面期现套利和 α 对冲是我们国内很重视研究,很多机构已经推出相关策略。而事件型对冲,这个相对于能够捕捉市场敏感机会,利用股指期货可以有极好的收益。我简单说一下在期现对冲之间或者套利之间一些组合的选择。市场上已经有很多这样的研究,从我们研究来看用 ETF 复制确实有一些天然优势,但是流动性一般是我们投资者所抱怨的。而这里面,大家可以看到 ETF 复制,相对于股票扶植,除了流动性之外应该都具有很好的优势。

而这个 ETF 的流动性如何解决,可以在一定程度上,当对流动性需求不是特别高的时候,可以通过三支或者多支 ETF 的组合来实现,提升流动性和提高减少跟流动性误差的效果。

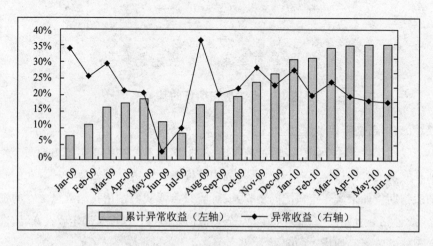

图12 2009 年以来模拟量化组合异常收益及其累计

这个里面的图对于市场上比较关注的,关于 α 收益的一些统计数据。我们要提示,2009 年以来统计数据非常良好,累计数据非常良好,但是每个不同统计方法在实际操作中可能非常不稳定。这是一个另类的 α 对冲,考虑到我们国内的特点在对冲上,下跌的时候,当市场进入熊市状态,我们可转债下跌空间有限,有一定保本幅度。因此,在熊市中利用可转债作为一个对冲标底,有可能会得到超额收益。

我们以定向增发角度切入来考虑事件对冲,我们现在定向增发从 2009 年以来应该说是数百例之多。每一次定向增发,在以前不存在大家所关心的可能会产生亏损的现象,一般还会产生一些超额收益,市场会追捧。现在由于市场的低迷状态使得很多定向增发在真正实现实现收益的时候发现产生了负收益,其原因最根本的就是因为整个市场的系统性风险,产生了系统性下跌的时候泥沙剧下,因此股指期货对这类,尤其是机构参与,已经折价了了定向增发,如果想获得绝对的这种折价收益,比如说20%,甚至更多,那么绝对有必要去应用股指期货

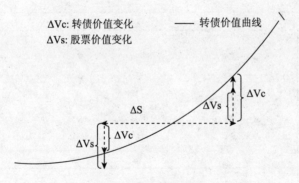

图13 转债套利原理

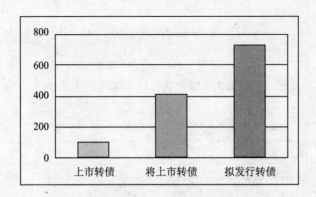

图14 可转债市场规模(面值,亿元)

市场进行系统性地对冲。

另外,一个例子不在 PPT 范围内。我们刚刚市场由于融资融券的推出,其实一直没有受到我们期货行业很多注意。但是由于双汇事件爆发,使得使很多业内在研究关于融券做空和融资关联度,双汇这件事情只是普通的一个全体投资者受损的事件。而这次被媒体所特别关注就是有人利用了融券,在这个敏感时期做空了,卖空了双汇的股票,从而得到一个收益。这是在我们融资融券创新之前之后唯一一个不同,我想这也是跟我们标题相符的,只有一个真正新产品推出之后,我们应用新产品,创造了新策略,从而产生对市场有影响收益的时候,市场才能够对金融创新,尤其衍生品创新会有一个更加爆发的推动力,这也是我们监管部门如果在考虑推动衍生品的创新审批的时候,我想市场的需求应该是政府层面最关注的一个事情。

ETF 刚才的优越性我们已经讲过,流动性如果在对冲的时候,如果对流动性

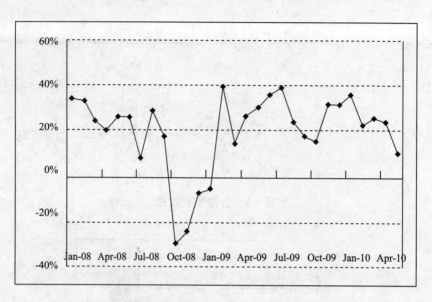

图15　2009年以来各月定向增发折价率统计

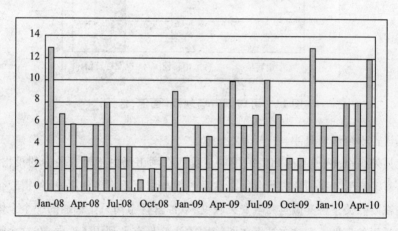

图16　2009年以来各月定向增发统计

有更高要求,或者说规模超过两个亿以上盘子的时候,可能这种即便是用多个ETF复制,恐怕也不能实现对于流动性的一个需求。

　　我们看一下指数增强型策略。我们可能很多基金,在基金行业里面,对基金的评价认可度就是跑赢大盘。最近我们由于股指期货推出大家提出来,你要产生绝对收益才可以。但事实上只有15%的基金经历能够跑赢我们真正指数,如果以上证指数为标底的话。指数增强型在国外已经非常流行,在指数上涨到一定幅度的时候,只要存在于牛市中,年末到年初相比指数是上涨的,那么指数增强型基金基本上有能力能够做到他超越大盘,这样的产品肯定会受到市场投资人的追捧。

我们国内股指期货在监管对于中金所交易制度上已经放开了,允许机构投资人持有股指期货多头仓位,至于如何使用就是每个机构自己的想法。如果有机构能够实现这一点应该非常受欢迎。股指期货作为一个融资杠杆,增强收益的同时,如何在机构投资者层面,如何利用其他技术手段能够处理掉由于杠杆增加带来可能大幅下跌风险,这点处理好了就是一个好的投资理财产品。

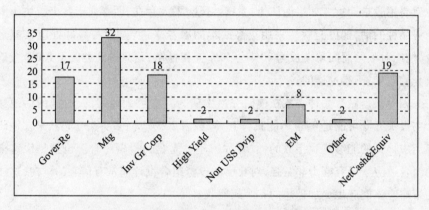

图17 StocksPLUS 中固定收益产品构成(%)

资料来源:www. pimco. com.

大家看到这个产品来自全球最大的公募基金,太平洋资产股票增强型基金。他利用了股指期货和期权产生了杠杆效应之后,他节省下来的多余现金,基本上用来配置高息企业债券,分红产品,政府债这样固定型的产品来增强竞争力,这些是海外在增强方面的一些策略。而保本基金,就更加简单,其实就是利用债券、股票、以及股指期货和其他金融衍生产品,类似于期权组合,损失有限,而在牛市当中收益无限的特征,基本上就是一个复制期权的策略。

这里边我要重点说一下这个,因为"130/30"基金,这个基金应该说在国外私募一直都有,我们国内提出来应该在一些券商和一些研究比较深入的基金研究员当中,在讨论这样一个问题。他可以利用一些杠杆效应,或者融券,或者利用股指期货增强,可以得到130%的多头。同时利用融券做空,或者利用股指期货做空功能实现30%空头。至于如何选择,完全根据整个投资策略的设计人,他对于自己选股能力,以及认为什么应该被空掉,是系统性风险做空我应该报,

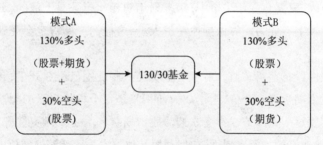

图18 "130/30"基金的两种模式

他就要用股指期货。如果他认为,系统性风险不太存在,而存在于各个板块中间弱势品种的话,他可能就要采用更高成本的融券来进行做空,其好处应该就是说,他绝对不是简简单单成为30%与30%互相抵销,我只得到类似于100%股票持仓的效果,不是这样的。

因为凡是做空品种必然在他研究当中认为存在巨大风险的,否则的话他这个空投头寸既可能是0,也可能只有10%,或者20%。而多头头寸必然是在他研究当中得到的能够跑赢指数的,或者远远超过大盘的投资组合。也就是说这样的组合适应于研究能力非常强,对自己的投资组合设计非常有信心的机构,这样的策略应该能产生更加理想的一个超额收益。

我们看到所谓统计上关于他的优点分析,就是包括了他可以利用双边投资的收益得到超额收益。另外,研究成果相对于一些研究能力强的基金,他更加能够筛选掉市场当中弱势品种,从而我留下都是优势多头,采取这样一种超额得到。另外杠杆效应在这边得到双边杠杆提升,也就是说在多头上增加了杠杆,同时又可以利用空头杠杆,如果他判断正确的话又可以得到额外的收益。这是我们在研究过程当中,认为目前对于我们的市场将来有可能会应用的一种新型的思路和策略。

表4　　　　　　　　ProShares 旗下的部分杠杆型 ETF

Fund Name	Index/Benchmark	Daily Objective
Short MidCap400	S&P MidCap 400 Index	100% of the Inverse
Short Russell2000	Russell2000 ® Index	100% of the Inverse
Short S&P500	S&P MidCap400 Index	200%
Ultra S&P500	S&P500 ® Index	200%
UltraShort MidCap400	S&P MidCap400 Index	200% of the Inverse

Ultra Russell2000	Russell2000 ® Index	200%
UltraShort Russell2000	Russell2000 ® Index	200% of the Inverse
UltraPro Russell2000	Russell2000 ® Index	300%
UltraPro S&P500	S&P 500 ® Index	300%
UltraPro Short S&P500	S&P 500 ® Index	300% of the Inverse

资料来源:http://www.proshares.com/funds/

谈到对冲,我们现在市场上国外大家看美国,截止 2009 年有 46 支杠杆率 ETF,在上涨中远远跑赢大盘,下跌过程当中类似于期货一样具有杠杆效应。我们国内截止到现在已经有 2 支基金推出这样杠杆化产品。杠杆化产品如果跟股指期货能够有效地形成对冲的话,可以双边节省更多现金流来配置到固定收益上,从而能够两倍地提高超额收益。但是目前市场上据我们了解没有人那么做,可能市场在对于新推出杠杆型 ETF,他对于跟随指数行为会有一个跟踪期。

我们讲到前面这么多,实际都想说明一个问题。一个成熟的金融衍生品市场,不可能只有一个单一的产品或者合约。我们前面所说到海外种种应用,大家非常羡慕,我们做业内人士也非常期待,但是很多东西,很多策略本身是需要类似于像期权,更多小型期货,以及小盘股期货退出才能实现。而我们今天讨论的关于产品策略的应用本身,我们其实更多要立足于以现货市场高度繁荣,我们现在已经在这个方向不断发展。另外还需要我们金融衍生产品的不断推出和创新,才能真正实现我们前面所说的策略。

比如说,我们一旦股指出现负基差,我们可以认为反向套利。现在融券套利达到 9%,我们经历反向套利,没有极大的空间这个反向套利是不实现的。这是期货与衍生品市场相互配合的结果。存在这么大一个市场需求,对于未来关于金融衍生品创新和推出,谈一下我个人的看法。因为股指期权本身,在我们国内推出是没有什么政策障碍,除了是期权而有别于我们以前交易的期货本身,我们市场需要熟悉,管理层需要熟悉之外,但是我们在市场这块土壤上已经容纳好期权的推出。

另外由于股指期货,沪深 300 代表一个比较大的盘子,目前市场上结构分化非常明显。最近创业板暴跌使得很多人意识到股指期货也不能保护所有的板块,小盘股指数,包括中小板和创业板内的指数能否及时地推出,使得我们能够有工具,对于这种新型的市场有一个对冲工具,这两个可能是未来中国金融交易所需要考虑的,这是个人的看法。

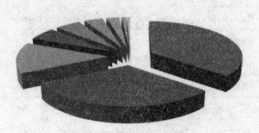

- ■ 股指期货、期权
- ■ 个股期货、期权
- ■ 利率期货、期权
- ■ 外汇期货、期权
- ■ 农产品期货、期权
- ■ 能源期货、期权
- ■ 工业金融期货、期权
- ■ 贵金属期货、期权
- ■ 其他期货、期权

尤其股指期权我们可以看到，期权占比 90% 方式体现。但事实上在多个发达经济体基本上期权交易量要占到同类交易量 3 倍以上。大家看到这里面所有金融期货，包括商品期货占比。金融期货占到很大比例，尤其跟个股有关，我相信有 26% 左右是由期权产生的。像一些新兴经济体，韩国这种国家 200% 的期权已经是全球第一大品种。

在美国金融衍生产品创新的过程跟其他国家有所不同，他是货币为先。但是，在英国，日本，还有一些其他国家，在推出的时候都是首先推出了股指期货，而在利率市场化条件成熟，和货币进行可自由兑换的时候，推出了利率期货和汇率期货。而我们国家，我相信也逃脱不了这样一个模式，随着我们多层次资本市场体系推进，市场存在的需求，和我们进一步发展衍生品市场的可能性。

另外，利率市场化在银行间的改革使得未来利率期货逐步地能够产生成熟地机遇，而人民币国际化战略在最近几年逐步推进，我相信我还会有一个长期过程，这个已经超过我们业内所能讨论的范畴。这个也是对于未来我们这个市场，我们作为业内人士应该说非常关心产品，对于我们每个人都息息相关，对行业健康发展都有好处，我想因为这样一个轨迹可能是我们所期待的。

今天我们大会的主题是"通胀背景下的衍生品市场"，我觉得这个题目非常的好，在我们现在的环境下，既然是一个通胀的时代，就必然意味着全球各国政府要实现抗通胀的这一任务。那么在政策和市场力量进行交织的环境下，在整个大宗商品市场和资本市场必然出现，不可避免地价格波动和震动，这个我想可能从原油市场到各国股市以及大宗商品都已经发生。在这样的背景下，我们市场广大投资者，甚至是主权财富基金都需要很好的市场和工具来规避，来自于各方面的动荡和冲击。

作为我们业内人士应该更加责无旁贷呼吁抗风险型的理财产品，绝对收益型的产品在国内推出。这就归根结底回到我们节目，一定要大力发展我们的产品创新,否则我们没有任何的发展基础,这是我们的一个迫切要求。我想中国从一个制造大国、贸易大国,要想进一步发展金融强国,没有一个成熟、完善、多层次的金融衍生产品是不可能的。作为我们业界的一员,我热切盼望这一天到来,谢谢大家。

股指期货套保中的趋势性策略

银河期货有限公司股指期货高级研究员　周　帆

各位同行大家下午好,今天由我来给大家讲一下股指期货套保的趋势性策略,很荣幸与大家进行交流。

我们在和很多投资者打交道的时候提到像股指期货套保的问题,发现很多投资者并不是很感兴趣,因为他们主要是做股票交易的人比较多,股票本身就是获利的,套保你把风险锁定了,收益也做没有了,今天做的讲演是宣传一个理念,大家在套保时采取利用现货趋势和价差趋势来进行获利;股指期货的套保,并不是那么枯燥。

我的PPT是包括三个方面,第一部分股指期货进行套保的时候最重要的问题,其一是风险管理,其二是择时的问题;第二部分是出现趋势性机会的时候投资者应该采取怎样的措施,第三部分主要是针对比较保守的投资者在做了套保之后,大家完全可以采取一直是保持套保状态不变,也可以获得价差收益。

一、股指期货套保期值风险管理及时机的选择

风险管理是股指期货套保的重要环节,我们可以使用常用的风险价值 VaR 来衡量。在这里,我们通过 VaR 预测第二天的 95% 概率下的最大损失,及时在现货平仓,提前补充保证金。我算的 VaR 值一般是百分之五以内。如果采用了这个值,来进行资金管理,大家可能会问这样的情况下,如果股票涨 4% 以上,这样的情况下,是不是会出现爆仓的情况。这里我想说明的是,我为什么建议采用 5% 来计算。

这是因为如果第二天真的涨幅特别大,可能会因为保证金不足而平仓,但我观察这么多年上证指数的走势,如果说出现大涨的行情,一般长上线的情况不是特别多,我建议可以预测第二天最大损失,保证资金不变,一旦发生意外会得到意外的收益,现货涨了起来了,还有一种情况刚好一平仓现货就下来了,这样的

情况并不是特别多。

这样做的好处在于,一旦发生极端行情,我们的期货部分会由于资金不足而平仓,相当于被动结束套保,而现货上却跟随大盘上涨,这样就能获得额外收益。

第二,Beta 波动导致套保失败风险

这一部分我不做细讲,这里有许多相关的研究报告大家可以参阅,但对于 Beta 肯定是股指期货套保中的重要部分,我们希望 Beta 能保持稳定,如果 Beta 波动过大就会导致套保失败,使得我们的期现两方结合不好,并且导致调仓过于频繁而发生损失。

第三,基差或价差损失

套保的时机的选择,第一是套保的目的,第二避免短期预知可能的风险或位置的风险因素,后面我会具体地讲。当然,这其实是套保中最重要的部分。

套保时机的分析,如果这个东西处理得好很可能使损失减少,收益变大。

二、套保中的趋势性策略——现货趋势

下面我讲一下套保中的趋势性策略,这是今天讲的重要的方面。

首先单边策略的操作,现货趋势是在套保的时候走势跟预计不太一样,本来是有防范风险的但是怕大幅下跌,但是市场却出乎意料出现了上涨,这个时候就要进行套保重新操作,这是我个人的建议。但解除套保又会有敞口风险存在,所以说我建议,在出现一些破位和趋势性改变的时候,可以一次性解除也可以分布解除,如果说后面出现趋势性的机会结束,又可以重新进行套保。去年 930 年行情的时候,一开始我们可以把套保解除了,到 10 月底的时候风险又出现了,我们又可以重新套保,通过这样的操作最终会获得一些比较额外的受益。

单边趋势的机会性把握,这是我个人的经验,我以前研究过宏观经济,有些经济指标是值得大家关注的,第一是 CPI 和 PPI 的剪刀差,这两面出现剪刀差意味着企业的利润是下降了,这对市场值是有非常重要的意义的。

第二个问题是 CPI 和市场走势,今年很多的看法通胀无牛市,今年通胀比较厉害的情况下,出现通胀预期的情况下牛市比较难出现。

第三是 SHIBOR,它对短期行情的走势影响是比较大的。

第四是债券市场的收益率情况,债券市场保险一些大机构他们做保险配置的时候,它觉得现在形势不好会从股票市场上撤出去债券市场,这样股票市场就会出现下跌,这个跷跷板的效应也是非常值得关注的。所以可以通过观测债券市场的收益率情况,也能发现一些端倪。

第五是美元的走势,前段时间比较的明显,如果美元走势强,通常也是资本流入流出的问题,美元从美国出来进入中国也有影响。

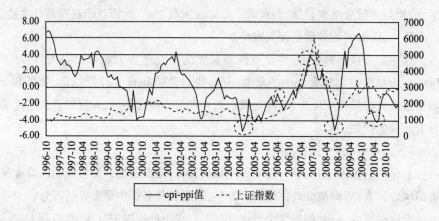

CPI 和 PPI 的剪刀差的问题如图,剪刀差出现拐点的时候,上证指数通常也会面临着拐点的情况,很多次都验证了这一点。这是比较的明显的特征,一般的情况下剪刀差比较大的情况意味着企业的利润比较好或者比较差,如果是负剪刀差利润受原材料的影响会比较大,企业利润会不好,企业利润下跌市场上会出现下跌。

Pairwise Granger Causality Tests	Date:05/03/11	Sample:2005M03 2011M03
Obs94	Lags:3	
Null Hypothesis:	F – Statistic	Prob.
R1 dode not Granger Cause CPI – PPI	2. 33228	0. 0797
CPI – PPI does not Granger Cause R1	3. 72708	.00142

我也做了统计,如图,它确实对收益率会有影响,市场收益率确实有影响,影响是比较的显著的。CPI – PPI 是上证指数收益率的 GRANGER 原因。我们可以将 CPI – PPI 作为指数走势判断依据之一。但是大家看,它主要呈现出长期的判断,在短期就会不好用了,前面出现了拐点,但是在后面多长时间内市场会出现拐点是不好判断的,所以单凭宏观经济的指标是不太够要结合多种情况进行分析。

如图,这是宏观经济政策的影响,但是不做详细的解释,毕竟是做宏观研究的人会比较的擅长,我们关注国家的五年计划等等都不一一列举了。

市场的信息,这也是我个人对市场的关注发现的一些现象。第一是基金的仓位,仓位超过88%市场会见顶,有两种解释,第一种很多的基金做得不好,老是顶部买进去底部抛出来,第二种解释,就是因为基金仓位太高,会导致基金没有足够的资金将市场推上去,但这两种解释我觉得都不可靠,如果说基金老是反的也不大可能。逼近基金历史的业绩是跑赢指数的。

第二种没有资金往上推,从目前来看,基金已经不是市场上的主力了,它没有基金的资金,其他的机构也能往上推。我个人认为这里面有种解释,很可能是因为大资金从基金撤移,包括大机构,比如社保保险都持有很多基金份额,如果它赎回,仓位会被动地上涨,因为现金少了仓位直接就上去了,很容易达到88%这样的情况,这样的情况下,因为主力资金撤离,市场出现下跌也是有可能的。而且这样还会导致基金的被动减仓,这些大资金起到了以小博大的作用。我觉得这种情况的可靠性更大一些,大家在分析市场信息的时候很有必要去关注一下基金仓位的情况。

第三市场中有先知先觉者,社保基金业是值得关注的,这方面的数据是比较难得到的,基金仓位在一般的数据库大家是可以看到的,但是社保基金开了账户交易只能通过一些信息来得到,比较难得到这方面的数据,这个东西只能关注。

机构投资者和最大机构投资者,保险资金在 A 股市场现在是最大的一笔资金,他们对市场的贡献也值得关注。

第四是去年炒得比较火的,股指期货"章鱼哥"的情况,主要指的是中金所公布的前20大持仓,净持仓的变动情况,曾经在股指期货刚上市头6个月都能很准的预测了第二天市场的走势。但是随着时间的推移效果会越来越差,但是预测的效益依然有60%多以上。

第二我们关注技术分析,大家做套保的时候,最基础最简单的趋势指标是非常值得关注的,其原因主要还是因为它简单,所以用的人多,所以才非常重要。如果出现破位的情况,很可能是预计有短期的风险存在,不管未来会怎么走都非常有必要进行套保,如果说这种情况在套保的时候没有关注,很可能处在摆动的情况,均线的趋势一旦破位短期是有风险的,但是如果出现反转也不大可能。均线趋势用得比较多是金叉、死叉、单均线、MACD 等等,采用趋势性指标的原因是简单、使用者众多,有效性高,能反映出趋势的变化,这是短期内的效果是比较好的。

----股指期货当月合约价格　——5日移动平均　——10日移动平均

如图,尽管像5、10日的均线会非常简单,但是效果会非常好,多数会预测到大盘的走势。

如图,这是从去年9月份开始到今年4月底,930前确实出现过这种趋势,11月份的市场出现了下滑,这个时候出现了一个死叉,最近大盘出现跌幅比较大,也是出现了一个死叉,所以说这个东西,如果有现货这样的情况下不妨进行套保,如果说形势没有顺着你的方向发展也可以采取趋势性的策略进行解除。

举个案例,根据这几次股票做的套保的案例,总的价值是一千万期货保证金是五百万,我是从2010年5月4号进行套保的,一直持有资金,一开始持有合约数量是11手一直保持不变,但是2010年9月30号大盘发动异动,成交量开始放大,金叉信号出现,前期整理平台被突破出现了这样的情况要把套保进行解除。

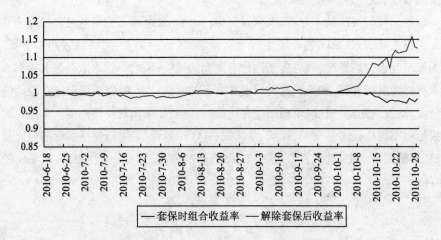

——套保时组合收益率　——解除套保后收益率

如果没有进行套保,组合上下波动会比较大的,如果把关键的点位把期货合约平掉收益会比较的可观,你坚持在关键的时候出现风险性的因素就影响采取一些趋势性的策略,该停就停,该开始套的时候就要套,大家在 11 月 29 号解除的效果是更好的。

三、套保中的跨期套利

现在给大家介绍一下第三部分,套保中的跨期套利,主要是指价差趋势,刚刚讲的第二部分,其套保策略有一些激进,因为要关注市场的变化,要对市场进行分析,才能从中获得一些收益,但是也有一些风险,因为判断不准导致风险的出现,而我们的第三部分可以针对谨慎投资者,在进行套保的时候通过不断地跨月获得一些额外的收益。

如果持有当月合约,现在价差突然拉得很大,我建议把现在的当月平掉,换成下月,如果价差小的时候再换过来;第二种方式是利用价格波动不停地倒,可以不停地换,获得价差波动的收益。

操作的过程必须得同时持有期货和现货,在发现有利可图时,平掉当月期货空头换成下月空头或平掉下月合约空头,开当月。这相当于用现货在为期货做保值,这种情况把握得好收益是非常高的,当然也会面临风险的问题,包括流动性不足等等,但是像这个案例中,合约手数是 50 手以下,成本一般不会太高,但是我想给大家说明一点,因为有些合约不太活跃的,下月合约不是很活跃的时候,如果说进行的手数比较多,要计算好价差是不是划得来,这样的情况下我的建议是在跨月的时候可以先算好打到多少个点比较合适,比如说看到现在的情况,这样的价格如果有 10 手就先换 10 手进去,不一定打到这个价格,如果说价格很大的时候,现在是三千点,在交易的时候可以限制打到三千点二,或者三千点四,把可承受的价格限定好,然后再考虑价差,这个时候价差要足够才行,所以说合约流动性是非常值得关注的方面。

第二价差朝着不利方向去,这是发现现在两个合约价差是 30 个点,我现在换成下月我觉得 30 个点比较划得来,我后面的想法是想再换过来,如果换回来就赚了十个点,但是发现不是这样的,从 30 个点扩大到七八十个点都有可能,这样的情况下我的看法是价差不利也不会造成亏损,因为本来就是持有期货的套保,所以换成下月,到后面就直接持有下月就可以了,不用换回来,不会有什么亏损的情况出现。

第三是期货合约保证金不足的问题,我们建议提前备足就可以了,但是我们还建议提前做出预算,既然是老老实实做套保,你最好是兑成足够的现金,赚价差收益就可以了不用承担太多的风险,还有根据第二天的技术分析设计一个执行图,第二天如果技术破位的话导致意外风险的发生,这个时候要备足足够的资金。

具体案例,以之前为例子继续进行,这个手数只有 11 手,首先是选择在交割日进行换月,老老实实做套保换月赚取的收益率近 10%。

套保中的跨期套利——价差趋势。如图,额外收益是比较高的。操作时,不一定非要选择交割日当前进行换月,在平时只要价差较大就可以换。

2010 – 5 – 21	51.2
2010 – 6 – 18	1.4
2010 – 7 – 16	24.6
2010 – 8 – 20	10.2
2010 – 9 – 17	12.6
2010 – 10 – 15	81.4
2010 – 11 – 19	122.2
2010 – 12 – 17	59.8
2011 – 1 – 21	5.4
2011 – 2 – 18	17
2011 – 3 – 18	13.4
2011 – 4 – 15	32.2
总盈利点数	431.4
盈利金额	1423620

下面我们看个例子。如图,我们计算的价差波动的情况,5 月 6 日价格比较大是 50 多个点可以换成下月,5 月 17 号价差突然间缩小了就可以换回来,这一操作就赚了 48 个点,收益率还是比较大的,但是从 5 月 20 号到 10 月 15 号那时候价差是非常的稳定的,这个时候不是特别的理想,后面市场出现波动的情况下,价差的波动也是很厉害。

如图,我们的统计如果按这样的操作总收益有将近 550 个点,总盈利有 180 多万,收益率是百分之十几的收益率,这是相当高的。

日　期	价　差	盈亏点数	操　作
2010 – 5 – 6	51.4	51.4	换下月
2010 – 5 – 17	3.4	–3.4	换当月
2010 – 5 – 21	51.2	51.2	交割日,换下月
2010 – 6 – 18	1.4	1.4	交割日,换下月

日　期	价　差	盈亏点数	操　作
2010 - 7 - 16	24.6	24.6	交割日,换下月
2010 - 8 - 20	10.2	10.2	交割日,换下月
2010 - 9 - 17	12.6	12.6	交割日, 换下月日,换下月
2010 - 10 - 15	81.4	81.4	交割日,换下月
2010 - 11 - 4	80.2	80.2	换下月
2010 - 11 - 15	55.2	- 55.2	换当月
2010 - 11 - 19	122.2	122.2	交割日,换下月
2010 - 11 - 24	44	44	换下月
2010 - 12 - 8	30.4	- 30.4	换当月
2010 - 12 - 17	59.8	59.8	交割日换下月
2010 - 12 - 27	37.4	37.4	换下月
2011 - 1 - 12	24.4	- 24.4	换当月
2011 - 1 - 21	5.4	5.4	交割日换下月
2011 - 1 - 26	25.6	25.6	换下月
2011 - 2 - 18	17	0	已提前换月
2011 - 2 - 23	23.8	23.8	换下月
2011 - 3 - 18	13.4	0	已提前换月
2011 - 4 - 15	32.2	32.2	交割日换下
月总收益点数		550	
总盈利		1815000	

　　还可以采取高频率的换月,如果说做套保也不像采取现货趋势的方法,把套保去除掉,但又想通过套保获得一些额外的收益,这种情况下应该怎么做呢? 我这里利用 2 月 14 号到 18 号的数据也做了一个统计,一开始价差 23 个点,下月到 15 个点的时候换回来,才几个小时的时间就赚了六七个点,后面的操作都是采用频率比较高的单边换月的操作,这样的操作短短一个礼拜的时间就收益了 32 个点,对应的收益率是 10 万。但是在做分析的时候不好把握,现在点位到底是多少比较合适。某一时间段价差会比较高,另一时间价差会比较低,我建议可以采用五周的移动平均,你把价差的图画出来每个周期做一个移动平均,比较高可以做换月,比较低可以换回来,我是举个例子,你也可以采用十个周期都可以。

日　期	时　间	价　差	操　作	赚取点数
02/14/2011	11:15	23.6	换下月	23.6
02/14/2011	14:30	158	换当月	- 15.8
02/15/2011	13:00	27.4	换下月	27.4

续表

日　期	时　间	价差	操　作	赚取点数
02/15/2011	14:30	23.8	换当月	-23.8
02/16/2011	9:15	29.2	换下月	29.2
02/16/2011	10:00	24.6	换当月	-24.6
02/16/2011	11:00	30.2	换下月	30.2
02/16/2011	11:15	26.6	换当月	-26.2
02/16/2011	14:00	29.2	换下月	29.2
02/17/2011	11:00	24.4	换当月	-24.4
02/17/2011	13:15	27.4	换下月	27.4
02/18/2011	9:30	19.8	换当月	-19.8
总点数			32	
总收益			106600	

高频换月时,可参考技术上的图线,这里设定为5周期移动平均价差。在高于红线时可以考虑换下月操作,低于时考虑换回当月。

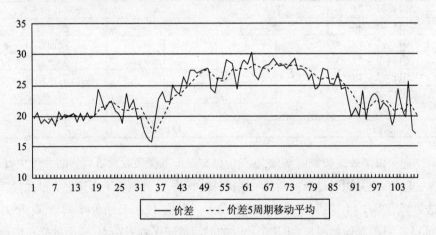

大家在操作的时候必须时刻把盘面给盯着,我建议发现了情况,电脑帮你下单,这样的话价差就会获得比较高的收益了,我以前跟投资者介绍过这种方法,他们也提出过置疑,相当于前面说的问题,交割日价差的问题,因为套保之后到交割日一月可以稳稳地获得价差收益,未来会不会有持续性的情况。以前价差会比较高,将来会不会这么高呢,如果不是这么高,套保还会不会获得额外的点数的收益呢。我的看法是,远月与近月的问题,如果现在不怎么高,在操作的时候不妨采用这样的办法:设定好一个预想的价差,到了这个位置就可以进行换月,在设定好一个价差,到了就换回来,只要价差存在波动,那么就可以利用价差的波动获得收益。

期现套利与 Alhpa 对冲策略介绍

中信证券研究部金融工程及衍生品组首席分析师　严高剑

　　谢谢大家。我本人从 2006 年开始参与股指期货产品的研究公司相关业务的筹备，现在中信证券针对期货联动方面的研究是与中证期货研究部的同志们一起做的。

　　目前机构可以参与股指期货的模式是套期保值、套利和对冲，我主要是针对机构参与机构的期现套利和对冲做一下介绍。

　　我先展示一下业界的前景，我觉得作为券商的研究人员投入这么大的人力、物力参与股指期货研究，或者说业务筹备，我们的目标是对冲基金和对冲产品，对冲产品其实在国内前景远大。

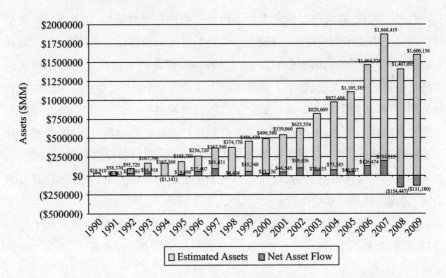

　　这是美国的数据。如图，美国从 2008 年到 2010 年底对冲基金规模已经超越了 2008 年的顶峰的时期。目前来看中国国内私募掌管的资金大约是

1000－2000亿,我们可以粗略地估计一下,未来的5到10年成长到5000亿、8000亿一点问题都没有,目前来看私募产品的密集发行以及部分私募转型去做对冲类的产品可以看出来,这是短期有一个快速的高成长。共同基金这块会相对滞后一些,监管上面会更加要求高,我们也可以看到共同基金从2008年到现在所管理的资产规模三万亿也没有什么变动,现在对冲基金的份额飞速地扩张。

虽然说对冲基金,所有的对冲的策略和运作的任何的产品所获得的收益总是有一定的风险相匹配的,在2008年金融危机之后很多的机构一直提一个概念,现在的资产不是对冲基金等等的分类了,只有两种资产,一种是风险资产,一种是无风险资产。我们有了期货之后,其实是把风险进行管理,并没有把风险变得消失了,是在不同的投资者间做了转移,或者是分散和规避掉,但是不会凭空消失,总有一部分人去承受风险,承受风险的人可能是从机构的角度上需要找的交易对手。

在过去A股市场上很多的机构也发出了很多的产品,这些产品已经有了对冲的理念或者雏形。从去年股指期货的推出,融资融券推出了之后,市场的环境已经非常的成熟了,全面地转向通过对冲的方式打造绝对回报的收益。

对对冲来说,我觉得目前来看可以构造的四种类型的策略,或者说四种类型的产品已经成型了。最简单的是套利,套利是寻求市场错误定价的机会,大家都非常的熟悉,对于套利的策略而言,它是技术活,但是其中我们从去年到现在运作将近一年的经验来说,我个人觉得这并不是技术而是艺术,套利决定的是现货的复制,刚刚初期很少人去做。我们可以粗放地做,到了现在每家期货公司所对应的券商席位上发现,当上面有十几个套利账户在运行的时候,同一个基差出现了谁能抢到单呢,不一定是捕捉最快的人,有可能现货用到股票数量最少的人,非常少的单有可能没有进去,往往是因为非常小的单没有完成,我们的现货复制出现了问题,这是技术的上面。

为什么觉得是艺术呢?其实到现在,上一个月基差快速回落到十几个点的时候,我们套利继续在做开平仓,取决于交易员的判断,这是基差的小方向的投机。

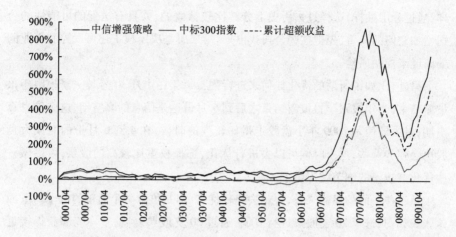

Alhpa 策略,通过构建更加少的股票数量,寻找更加广泛的 Alhpa 来源,风险的部分用空头去对冲掉,前两天和几个公司交流,随后的过程 ETF 也会成为融券买空的标底,我们反过来做多期货做空 ETF 更多的 Alhpa 的机会也会捕捉到。

第三中信策略,第一的阶段在欧美上更加纯粹是因为有融券买空,但是中信策略完全可以平移到对冲策略中,300 只股票原本要做空的 30 只股票只是不多,把多头的部分加上去就是指数增强。

第四是事件,有很多并购和重组,还有一些每年到了 3 到 6 月份分红送配的,还有股权激励的定向增发的很多事件发生的股票,都是每一个 Alhpa 的来源。

首先标题上写的现货复制是基础技术,利润的来源决定的是交易员的素质,或者短期对市场基差的敏感的判断,现货复制它有哪些可能性? 刚开始觉得嘉诚 300,达成 300,现在用的是封闭式分级基金的 B。基金有两个优势,第一是场内交易,非常节省手续费,这些基金本身是带有杠杆的,如果说我们在现货的部分引入了有杠杆的产品,在期货部分同样有杠杆,资金的使用效率提升了,过去期现套利基差比较大的时候利很丰厚,现在基差比较小的时候,我要想办法使用的是杠杆充分地利用资金,使资金的使用效率提高 30% 左右。

第三是成份股的复制,完全复制是简单的傻的而且是笨的,参与的门槛也高,因为最少的股票数量需要买 100 手对资金门槛就是个挑战。另外少的股票就不买了,用 ETF 来替代。抽样复制,有优化有分层的,其实很难去说在不同的复制技术间有什么样的优势,或者说谁比谁更好,但是我觉得是可以适合它的市场环境,每年的 3 到 6 月份,分红送配事件最多,这个时候完全可以通过优化抽样,通过分层抽样,选择过去历史上分红比较慷慨的,并且有送配的可能性的公司增加它们的权重,先把这些公司找出来,第二层是决定权重还可以控制行业的偏离度来控制风险。

另外,比如说所谓的优化如何来进行呢?每年在 4 月 30 号是一季报跟年报披露结束,当年报跟季报披露结束之后到 6 月份这是信息的真空期,这个信息真空期,过去即使是 2009 年小盘股走得比较强的时候,在 4 到 6 月份的时候大盘股也会强势一些,这个时候可以去进行优化,选择权重比较高的股票,可以做一些优化。技术的细节就不讲了。

从这些不同的策略来看,很难去比较优劣,但是可以举个简单的例子。下面这张表如图,选了 20 支股票进行复制,通过 20 支股票复制,平均能够获得接近 1.7% 的累计分红,如果说一年的策略中增加 1.7% 这已经是比较高的收益了。

- 预期分红跟踪

	占指数分红累计比重%
前 10 只股票	50.9
前 20 只股票	67.8
前 30 只股票	77.8
前 40 只股票	85.1

- 选择分红居前的 20 支股票进行现货模拟

模拟效果不错,获取 1.7% 的分红收益

估计期相关性	优化误差	检验期相关性	跟踪误差	累计分红
0.969	0.08%	0.973	0.15%	1.70%

第二,我重点介绍一下这几个 Alhpa 的对冲策略,因为 Alhpa 的策略核心是在寻找广泛的 Alhpa 的来源,并且是要加大研究和布置更多的人在从事研究的目的。

一个典型的 Alhpa 策略是指数加上 Alhpa 减去空头,核心是在于我们能不能找到一个稳定的超越沪深 300 的组合,可能从期货端或者对证券市场并不熟悉的投资者来说,这个东西会觉得比较的容易,但是长期从事基金业和资产管理业的 A 股投资者觉得很困难。

我们跳出来看看,过去基金公司的可以说大部分的基金经理选股的能力都很强,把每个基金,每个季报(季报延时 20 个交易日)持仓、重仓都放在一起,跑赢了 180 指数,虽然基金表现出来的很多业界是输于指数的,核心原因是这个基

金持仓只有六成,但是它的重仓部分可以跑赢对应的指数,这就是 Alhpa 来源。比如说 300 支股票中把所有的股指最贵的 30 支拿掉,再做行业偏离度的优化,这也是可以跑赢的。过去 A 股市场股指便宜的市场都是债券市场的,再换回来选择传统 A 股的投资逻辑所能奏效的都可以容纳到指数增强的组合中去,这些策略肯定会失效,因为做的人多了收益就薄了,我们现在研究的思路也是这样的。过去美国在 40 年代之前,大家研究 A 股市场用的方式是技术分析,40 年代是基本面的分析,70 年代用指数化就可以了,2000 年之后大家会发现有效市场有很多意向的存在,很多定量的策略是寻找意向,A 股也是一样我们也可以做一些数据挖掘,刚开始寻找技术指标,把基本面导入进去,不用预测数据,把分析师的盈利预测数据也放进去,不仅仅用分析师而是市场所有的行为,机构的持仓和分析师的调整,市场当中大单的,或者是大的客户的重要的行为数据;第四步是进一步像欧美市场一样,现在很多人做的信息检索文本数据,这也完全可以,文本的数据都可以成为 Alhpa 的来源。

市场中信策略,它寻找的是市场当中两两之间的股价的相关的关系,我们可以对全市场进行配对搜索,银行业有十多只股票,钢铁、煤炭同质性高的行业都可以做,最后找出来的每个对,就可以建多头跟空头,相当于把成分股当中表现未来会比较弱的股票全都加到表现强的股票中去。

历史应该会重演,我们在过去有监控,大约五六十个基本面的因子,去监控所有的股票五六十个参数有没有发生变化,一旦发生了变化,有的是建大幅的股票,空单大幅上升的。

第三事件驱动,前面讲的调整都是公开信息披露的,从这些披露中要把策略应用就希望事件是不断地发生的,并且是以比较高的频率,这样才能成为持续的盈利模式,还有一些事件发生频率比较低的,比如说水井坊 2008 年有外资并购的事件,和河北钢铁与宝钢股份,同样进一步也可以看到高频率的发生是策略收益的保障,只有事件公开了理论上才能获取这个收益,但是作为研究可以预测事件可能不可能发生,过去历史上所有的发生的重组的事件,估价停牌之前股票的价格和收益率的运行逻辑是怎样的,有什么突变把规律找出来,找出规律把所有的全市场股票做一个基本面的筛选,哪些有产业支持,或者哪些是大股东下面有其他更多的存量资产的,还有哪些公司是经营不善,不被重组就推退市的,那么一合并未来凡是符合这个条件的股票都挑出来,做到现货组合中去,挑出来的所有的股票未必未来走得更强,未必有事件发生,但是短期因为加上一些动量和技术面的因子去控制风险,过去有一个针对方式的策略,选出来的股票 20% 后续有事件了,但是80%有动量在基本上小幅亏损都有可能,总体上通过这样的策略捕捉这个事件,小概率给我们贡献的都是大收益,对于对冲基金境外市场是一类产品都是从事这种工作的。

我们可以做些什么?这一类型的策略发展是比较的远大的,前景也很远大,我们肯定是希望分享到对冲基金或者说"对冲基金的盛宴"。我们通过这些策略之后把我们的研究人员的选股能力和择时能力分开。过去可以看欧美市场,大约共同基金的收益是90%来自于择时,10%来自于选股,90%的业绩的差异,80%是来自于投资的风格和选择的股票的风格,说白了,共同基金大家都有一个同样的模式只有买入持有才能挣钱,所以被动地承受了择时,做得好的跟做得坏的区别,选股选的风格和差异,而通过对冲基金能够把共同基金10%的选股给放大,放大到70%是靠选股票来挣钱的,30%是靠着择时的。

我们每年也就做了12次选股,每一次选股在两千只股票中选,相当于我们做了两千次的预测,能够把选股和择时的能力分开很重要。

从我们的业务模式上先要快速地开发出很多的然略,然后去进行监控,看哪一类表现得更好,我们对应向这些策略分散更多的资金。

我们针对国内市场开发了七八个对冲型的策略,这些策略都没有方向性的暴露,我们也发了一个策略也是有Alhpa策略的,我们跟投资公司合作发了两个产品,这些产品都是基本上是深度参与到其中去,我们其中一些策略,他们的交易员通过自身对市场的短期判断选择更好的时机入市。

台湾股指与沪深 300 指数的比较

第一创业期货总经理 吴建华

　　女士们、先生们,大家下午好! 目前两岸我是第一个吃螃蟹的人,国内163 家期货公司的高管中第一个境外人士,我要有比较创新的策略做一些主轴,待会儿跟各位报告一下,我们把台湾带过来的经验跟交易的策略跟各位做一些沟通。

　　我们带过来是用量化分析程序交易的团队,我们希望崛起技术型的高手可以结合到我们的渠道上。

　　我也介绍了几位台湾的专家过来,下面的论坛可能比我更加精彩。我首先有一个基础假设,假设两岸的华人的交易行为、文化素养、甚至投机性都很接近的话,台湾作为股指期货交易 17 年的经验,所呈现给投资者的行为有可能在中国的内地沪深 300 股指期货重新复制,这个基础假设成立的话,我会给各位看一些量化的数据,给大家一些启示,未来沪深 300 指数大概会有怎样的行为。

　　有关台湾一些期现套利过去是怎么做的现在怎么做,大陆在这方面未来有怎样的机会。包括台湾的股指期货的投资者的行为,未来可能不可能复制在大陆的股指期货的投资者行为上。

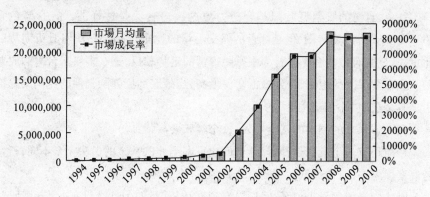

　　台湾的股指期货的发展从 1999 年开始,2003 年才开始猛爆,到后来达到这样的规模,如图,2008 年金融风暴,2003 年的打底,股指期货有大量的成长,我们敢断言沪深 300 指数只是现在有点像 1999、2000 年的刚开始而已。

　　参与者的结构,如图,对右边是自然人,1998 年开始自然人占 95%,到 2007 年降低到了 47%,我们的政府都希望慢慢地改善结构,但是结构需要一点时间来做调整,初期大部分是自然人这是合理的,自然人以外的全部是机构,也就是说现在大概有 47% 的自然人以外就表现有 53% 的机构、法人和专业的投资人。

　　外国专业机构目前占 7.7%,这个开放的方向主管机构也应该作为参考。

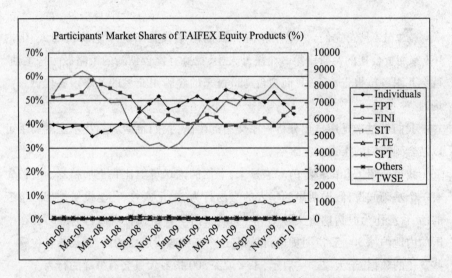

　　如图,蓝色的线是 2008 年 1 月取得的资料一直到 2010 年的年底台湾的股指期货的走势图,红色的线交易比重是自然人的交易比重,黑色的线所谓的自营商机构法人的交易比例图,他们二者是很接近的现象。

　　基金,台湾的股票型共同基金努力里这么多套保是这样的,如图,蓝色是 2008 年到 1 月的走势图,但是绿色的线交易量的比重是基金它使用股指期货的比重,基金所有做的套保的行为刚好跟行情的走势相反,这么多年来台湾的股票型基金在套保上的应用,跌到最低套保最高,当最底部反弹的套保的比例又降低了。基金在做"小狗追尾巴"的现象。

　　我希望未来的国内的基金投入,这个经验会有帮助。

　　台湾还有一个玩家是外资,外资的比重跟刚才的基金的做法完全不同,行情越高套保越多,行情最低点是倒过来做的。

　　刚才中金所领导也说了,我们没有到期结算,我们为什么没有"到期魔咒",

这其实是一种现象,我们股指期货未平仓量不是很大,这样就不会有非你死就是我亡的现象,因为我们的投资的参与者的品位都很接近,都是高端的投资者,目前大家是打了就跑,目前的未平仓量都不是很大。

现在台湾股票已经不分股了,大部分是配置和分析,初期对股指是平显的效应。那么我们看大家谁估计的股指期货估计得准,未来的股票分析师也在比谁对股指期货的雏形判断得更加的准确。

台湾还有所有的期权,期权到期的效应更精彩,还有程序化教育越来越流行,程序化交易会用我们公司擅长的数量分析跟程序化的角度去看程序化交易的行为和效应,每日一定时对大盘、自然人、外资等等都在用程序交易,都会对市场的行为有一些冲击,台湾流行的是高频交易,快速下单的交易,包括自然人也在快速下单。这些行为未来有机会会跟各位细谈,这些行为习以为常的行为,未来是不是也会带入到中国的大陆我们会拭目以待。

成本交易对股指期货的影响,2008年台湾的主管当局调整了印花税,整个交易量全部上升,未平仓量没有什么明显的增长。

套利的部分刚刚严总讲了很多了,我给各位看一下2004年上市以后当初还有现期的价差。从今年的2月份以后每日的深水的差额,价差已经越来越有收敛的现象,这当然跟行情有关。

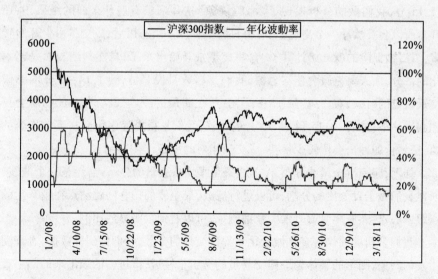

可以用量化看得出来,如图,传递了一个信息,是所谓的历史波动率,在台湾有用选择权算出来的内涵指数波动率,在中国没有期权我们只好用历史波动率算,从今年1月份到现在的行情越走越皮,但是波动率越来越低,越来越低,几乎

破了新低,台湾这叫"恐慌指数",它长期跟行情互为负相关,这样意味着现在全市场大家都以居安思危的概念觉得相当的低,这样的现象。

历史波动率会跳起来的时候通常是意外的下跌,现在外资都在注意到,外资都问我,中国的沪深300指数波动率为什么这么低,这个人的意见这是一个警讯,大家太没有警惕心,有时候证券分析师会告诉你,因为发生了什么事,所以股市才怎样,我们全部用量化来发现是这样的现象。

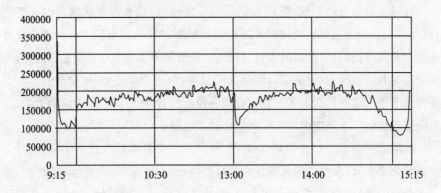

上市一年来我们做的体检,成交量是分子,未平仓量是分母。接下来我跟各位报告一个现象,在沪深300指数长期做数量的分析,根据9:15分开盘,一直到15:15分,我们做的分析发现了"海鸥现象"这些现象有些什么样的结果,9:15开盘所以会突然冲一个高量,之后每只股票都开了出来以后,成交量由少开始转多,以后做保险的就开始计算了,有些交易量开始出来了,自然判断当然是艺术化的部分,个人要克服贪婪与恐惧,我们是以数量说事情,到了14:45分的时候接近收盘的时候,有些跑得差不多了,有些在赌最后一盘,最后海鸥的翅膀会再翘起来一下,最后13:15到14:15分的时候,我们觉得更程序化交易下单指令的执行,划价的冲击会比较少一些,成交量相对的平稳。

如图,频率持仓量的分布,A的线条是平均持仓量的分布,当然是一个曲线,所以我们做了百分比的分割,可以进行滤波,最主要的持仓的跳动点在刚开盘的点跟中心点,还有尾盘的时候大家都跑掉,可以看到很明显的比例。

我们公司的同仁一直在做量化和程序交易的分数,我们做到秒数据,看瞬间激发的现象,图形的整体轮廓跟交易量的分析很接近,该进去的该出来的都一直在做,只是在13:00的时候会大量的成交初期,主要是交易者利用下午的时间预测一些买单,很多的程序交易和判断都在等第1分钟黑线和五分钟黑线的收盘价出来,开始做演算和计算。这样的现象我称之为"海鸥现象"

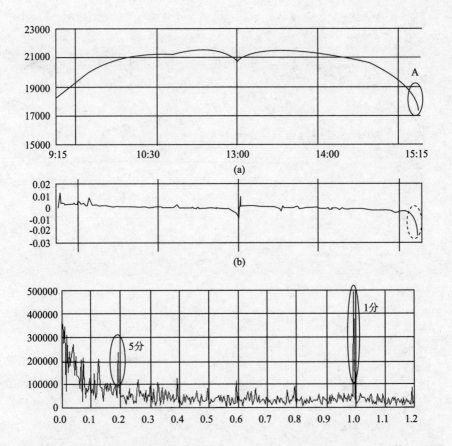

　　成交量的分布,如图,到底是频率是五分钟的时间高,还是 1 分钟的时候频率高。五分钟的交易频率是一高点,一分钟的交易频率是更高点。

　　五分钟的累计量来看,5 分钟后隔 1 秒的地方会出现高量图,所以大家都在等 5 分钟 K 线结束,然后赶快做决策判断这是大陆的情况。

　　台湾看到的现象是 15 分钟很多,5 分钟也不少,60 分钟也有。国内大陆境内的做秒差分析,我们分析图更细大部分一分钟出现成交瞬间高点,这几个图比较我们有一些感触,大陆内地虽然程序化交易的普及还没有到台湾那么高,但是人为地的判断跟快单交易的现象,频率间隔已经效率化不亚于台湾甚至于超越了台湾,未来套利者都要注意到所谓的时间间隔。时间间隔要设法跟人家错开,否则在时间间隔最高量点会出现很严重的滑价的现象。

　　国内 5 分钟一次,1 分钟一次,1 分钟跳高的成交量非常大。我个人还是很偏颇的用量化跟程序的分析看待微观股指期货的现象,我也不想阻碍下面的论坛,我先跟大家报道到这里,谢谢大家!

第四部分

程序交易推广和台湾程序交易发展分析

高雄应用科技大学教授　姜林杰祐

我来自台湾,第二我来自学术界,我看这次与会嘉宾,演讲者大概都是实业界的,我在台湾一直做程序交易推广。我们习惯讲资讯询,不讲信息,讲软体不讲软件。

前面部分很快就跳过去,因为资料上也有。我对自己做一个自我介绍,我来自于国立高雄应用科技大学,我们那边有一个程序交易,包含两个趋势我们不管台湾或者大陆这边,学术界其实是比较保守,不会跨领域整合,我们这个所做了这样一件工作。下面我一些简单经历,这是我作为带的研发团队。

我也有一些著作,当然跟程序交易有关的,我现在在准备第三本书也是跟此有关。我们也准备了一些台湾计划,为了推广程序交易我有一个论坛,两年前成立到现在有蛮多朋友,也有内陆的朋友上去,可能在座很多人都上去看过。论坛目的只是只有我一个人力量,因为网络上大概七、八千朋友,虽然不都是专家,但是有一定比例都可以在上面进行交流,包括我自己也写6篇多字文章,等下会对论坛进行一些简单介绍。

这是我在台湾那边所做的一些推广工作,有些是一些私人公司,期货公司,证券公司,大概在一些培训单位,交易所。这是我刚刚提到的论他,网址就在上面,已经有超过8千名网友,文章7千多篇,80多名专家,10本专书,50套原码系统,100模型。如果你要丢策略上去,避免卖策略,你看我这个人不错,把钱交给我,为了避免这件事情,必须把策略内容公布。

今天我要讲的内容两大主题,程序交易在台湾发展,以及程序交易的推广过程。这次论坛毕竟不是以程序交易为主,允许我花一点点时间对程序交易做一点点介绍,然后再切入主题。我希望能够在规定时间内把这个主题讲完,最后在带一点结论。首先我们要区别一下,程序交易跟电子交易不一样的,我想说在国内大概交易不是说打电话到柜台填单,其实在台湾已经发展比较久,还是有很多人到柜台填单,打电话方式交易,但是大部分已经变成电子交易。

我们今天讲程序交易,希望把所有部分全部变成城市化,所有 API,你进端,交易端家里面这台电脑跟远端券商一个系统与系统之间的接口,这样一个过程就可以让交易做的很快。如果我做很长交易,我很小就不跟程序交易有关,程序交易可以帮助我们验证一个策略行不行,你要经过实证来考验,最起码在历史经验里面看结果好不好,这是我们所说的系统交易和程序交易。

有这么一个定义,一是回测交易,一个是实时自动交易。透过计算机程序,以历史数据模拟回测方式,寻找优质交易策略。如果你前半步完成之后,后半步就希望把你这个策略放到自动执行环境,你不在现场还是可以自动驱动策略下单完成这样过程。所以,我们简单说成是建议就是分两部分,一个部分就是回测,一个部分就是自动交易。

这是程序交易与电子交易差异,为什么程序交易,一个是心理因素。因为我们必须要克服投资过程心理障碍,大家都知道其实心理障碍是很大。比如我应该停止的时候可能需要等一下,或者诸如此类内容。在这里给各位这样一个入口,各位有需求可以看。第二是生理因素,市场交易速度与交易信息含量,超越人类能力极限就可以进行看盘,至少在台湾一秒钟可能就40、50个,你即使看到一个残缺信息,怎么办?你应该有线路接进来程序帮你看。

在思考的时候大概只有2秒钟的时间,在下单的有人记录,一秒钟可以敲键盘370下。如果说你要很快速地下单,比如我们在下单的时候,会有一单删一单交易方式,你同时送出一个单子,马上要送出另外一个单子的信息。两单几乎同时成交,如果用程序交易就可能变换出不同交易方式,包括自动下单,后面延伸到高频交易等等,我现在在台湾推广已经不是在回测部分,也不是在自动测试。

所以,当你什么情况下需要,第一是市场太快,市场机会太慢也需要。像台湾去年有一个个股期货市场刚开始发行交易量很小,但是你可以把规则写好,用程序交易来看,一旦机会出现的时候,有获利机会就直接下单。或者你账户市场太累了,你要看那个信息不能说不喝水,不上洗手间不可能。还有对准法令要求,前两位演讲者提出在信息管理部分主管机构是有一些要求的。也许我们做的交易并不是要触发,可是不小心触发了,你可以用程序编码的方式写在里面,让你不至于触犯这些法律规章。

所以,我们用程序交易方法有这些好处。可以规避心理陷阱,实时执行交易避免伤亡。我们讲这是不是很久才能实现,我们甚至怀疑交易对手是谁,人或是代理程序,交易人可能去研究新的策略了。所以,这是一些统计数字给各位做参考,从这些数字来看,其实都是蛮高的比例,只可惜这些数字可以看到,都是属于国外资料。

我们用一个统计图可以看的清楚一些,上下是 2 个补充图形,提到从 2000 - 2006 年,下面到 2010 年,在程序交易使用比例其实是节节攀升的,我相信国内市场也应该走这种趋势,现在还没有普及,但以后一定会。提到台湾情形,台湾是去年才开放,券商可以提供 API 给客户,所以正式程序交易去年才起跑。我们有一个朋友做了一个分析,从交易量数据来看,这是台指期货,成交量最大市场。2008 年的时候一天逐笔交易量已经接近 10 万笔,一个是 02,一个 08 年,08 年的时候盘中交易量有一个现象,可能因为很多人用程序交易,所以每到 5 分钟,特别是他供倍数的时候量出来,你会这么无聊看这个分钟,5 分钟,10 分钟去下单吗,不会,所以这么有规律的下单应该是所谓程序交易的驱动单。

我刚才提到过程序交易在台湾发展,一直到去年才算正式开放。在之前,有一个做法是什么样的,比如券商可能会提供一些策略回测工具,包含在券商 TS,HTS,MC,在大陆好象比较用到 TBES,在这边也有好多人在用。执行部分,第一取价使用 DDE 或 API,把价格直接读到系统里面,去驱动系统里面价格,策略驱动使用 TS,下单机 2 种形式,从价格所取价之后怎么读取资料进行下单。这在去年很多咨询厂商都偷偷做,因为不合法。

会延伸出很多奇怪模型,比如慢模型,慢信号,还有下单机买卖,违法代客下单。后来有这个法律以后整个市场秩序就比较有规范,这个法律想怎么样子呢?在讲这个法律以前,因为刚提到 TradeStation 架构,我仔细解释一下。第一你可以在一个城市编码环境里面去协助这种规则,就可以变化一个可挑选的信号组合,有一套策略,把这个策略引用上去就可以看满格信号,也可以选取参数变动范围优化分析,立即得到不同参数组合下的策略绩效报告。在这段时期,这个产品利用这个策略什么样是最佳组合。

以这个关键往上可以利用电脑去看什么是最佳策略组合,当然还有一些陷阱。台湾有一个券商 HTS,他可以免费提供这样一个工具。其实都一样,可以做优化,我们自己未来要做研究,自己也在 VS 环境自行开发回测系统,可以把资金管理功能放上去。到这边,刚才提到,台湾其实在发展一个城市这块有很重要阶段,就是这两页所呈现的经纪商 API 服务相关管控措施,我不想在逐条念。我帮各位整理出四个重点,在讲四个重点之前,把 API 放大解释给大家。

红色框框代表下单系统,但是你在盘中的时候要取出报价,经过内部运作,驱动你的策略,把单子丢出去叫下单 API。同样一个 API 接口,可以确认单子有没有成交,你在这个红色大框框里面,就可以去编码你的策略。API 的定义,我想在座各位多少是咨询背景,为什么特别提到咨询名词,这可以说在程序交易自动化执行的一个关键,很多券商也提供类似这样的东西和服务。

有什么影响呢? API 服务法通过,对台湾程序交易有几个影响。项目你要会进行解释,你要做这些事情,否则他就不在你那里下单就没有业绩,你去解释没有那么大困难,但是当上市所谓 API 原件马上就来了,往往是一组城市码,不能代替客户决定策略。所以,你不能帮他写好,按照这个策略,或者让他自动执行,开发一些自动执行键,之后就会自动帮你交易,这是不行的。所以,你就变成要跟他解释怎么样通过你所释放出去 API 原件,以及一些系统来改造成他自己系统,这对一般经济业务营业员是很大压力,不见得他了解咨询背景,现在法公布之后,客户说你应该给我提供服务讲到我懂。

这是一件事情,再来就是提货商必须承担 API 组建过程引致的风险部分责任。大家你自己是写的问题,还是说提前做 API 服务的问题,因此有一个趋势。第三点你不能透过 API 服务带为决定买卖执行。第四点不能做提前交易。客户单子下过来,你不能说 1 百个客户,1 千个客户,发现最终有一个客户很厉害,他只要下单赚钱就可以统计出来的。

在这个办法通过之后,我们有些企业想知道我们利用这些办法有什么合法经营模式可以提高这个服务。首先我们会说诱因在哪里,客户为什么需要这样一种服务,什么人需要。第一他需要快速短线交易者,无法随时顶盘但相信策略的交易者需保护策略。还有交易成本降低,一般比电话交易成本低,可以降低滑价车本。还有现行交易方式以外的智能下单,长效单,收盘的时候收过来明天再打开。关键压力是观念障碍,技术障碍,不会安装不会使用,所以有诱因有压力,你要提高这个服务方式答案就很简单了,在这个诱因的基础上去降低压力。

API 服务的方式我这边就提出一些策略,由于时间关系重点提一下。有几种服务模式,你可以给一点策略他只需要修改参数,其实根据规范还是很危险的,第二种做法我不给你策略,但是我给你很多线下组合,你只要组成这些信号变成策略就可以。第三种提供类似编码环境,比较不难的环境执行编码。

从 TradeStation 这种观点,刚刚提到那四种模式大概就是这几种服务形态。我刚刚讲一个主题,提到台湾程序交易一个状况,我自己一个人这几年一直在做程序交易的推广,为什么我比较方便做这个事情。有一个原因因为我在学术界的关系,在台湾金融也是特许行业,所以主管单位说这件事不允许做你就不要讲怎么做,我们学术比较自由一点。我们从国外资产比较非常普遍,在实行城市交易一个观点来做一个推广,但是他有他的好处,也有自己一些弊端。

如果他是一个不可回避的潮流我们应该要怎么去了解,怎么把弊端屏蔽掉。程序交易推广愿景,以信息科技实现学术理论模型的价值,还有追求更公平交易,否则交易市场里面有些人可以得到比较多的咨询,有些人可以得到比较快的咨询,有些人却不行。你至少让这些不行的人让他知道,他处在什么样一个范围,为什么不行。

还有希望在市场上做交易的人都能够符合逻辑实证精神,不是凭感觉做交易。你这个策略如果在过去历史经验回测过程当中不承认,你怎么能够在实际的市场上获利。我们当然也希望能够提升交易战力,我们透过这样一个推广,希望能够带动有这些愿景可以做。以这个为基础,我做了一些工作,在 1994 年在一家咨询厂商,这是在台湾一个公司,那时候 Windows 刚出台,我们开发第一套 Windows 看盘软体。当时我负责整个研发中心,里面有一个工具一个是交易模拟器,第二是交易过滤器,符合交易策略列出来,这么好的工具没有列出来,软体公司内部操盘是在用。

我在交大读博士班做这方面研究,我们不断把交易者、交易策略信号组合去进行优化,发表出一个学术论文。2002 年成立高应大金融信息所,这是后面做的一些工作。然后开始证基会操盘人才培训,我们在台湾有几个机会,还有期货工会,或者期货交易所,这几个单位我都在持续讲这个主题。当然也办了一些竞赛,还指导厂商开发第一代下单机,我做了一些研究计划。那时候我已经是教授了,我那个计划送上去没有人可以审,看到回报我不知道这个研究在讲什么,但是我觉得这个人研究经历这么高,应该是值得鼓励,第二任还是同样意见,计划就被砍了一大半经费，因为没有人更我正面评价。

还有成立程序交易论坛，然后开始推广程序交易技术，还有第二本程序交易书，在2010年提出算法交易研究计划。在期交所一些课程，台湾在早期对程序交易重点在观念和方法推广，到今年重点已经不是了，大家都在讲你不要告诉我是什么，你要去做去进行解析，甚至去传递，我怎么建构这么一个下单环境，以算法交易策略放到这个系统里面来做。在台湾程序交易大概分三个阶段，第一个阶段交易人说你要通过回测来调整优化，设计出你的交易策略，这个阶段也是前年的事情。去年重点已经转移到我知道怎么做测，现在要拿执行。

今年不一样了，下单机已经不能满足需求了，我希望去做组合下单，不同的下单形式，当我驱动策略是一个很大量部位的时候怎么去做，还有交易探索范围，还有一些交易技术，大概有三个阶段。大概有一些成果，训练课程部分已经提到过了，还有一些功能咨询，产学合作部分。当然这个早期是代训，有一个交易策略很有信心，但是没有一个工具让我知道有多好或者怎么调整，所以在最早期就教一些软体操作，你用这个工具要小心，比如要避免什么样的一个陷阱，怎么做分期的回测增加策略稳健性等等。

后来在台证建议他们强调API功能，还包括台湾一些公司营业员学习程序交易工具，还有辅导信息厂商提供程序交易解决方案，我可以出一份报告给你，但是你决定要不要下还是由你，这就变成一种价值服务。还有帮期货商建立制化整合下单系统，还有引进算法交易与高频交易系统，还有做系统开发。我讲最近两个案例，一个是去年年底，在一个系统里面，在这个案子里以他们公司富邦期货API为主，我希望把这个技术传递给他们营业员，如果客户有需要他可以教客户怎么改，客户当然会放他自己策略进去，但是你这个范本要帮他处理好，降低进入障碍，这是一些画面，我用他们的开门软体，这是一个版本，当然还有其他版本，就可以看到自动驱动策略，可以从他看到的上面取得回报，这是去年底案例。

今年案例我们月初才完成，这已经属于第三阶段了，介绍他们一切高频交易策略，以及算法交易介绍与策略，高频与算法交易策略实例，以及一些期权价差与套利策略，也建一个系统把这些技术布站在公司里面。这是学术端的，可能业界没有兴趣，我自己也带一些研究生做了项目的研究，这是最近两年研究计划的主题，发表论文也好几篇了，包括学术论文，还有硕士论文，自己还有两个学术论证。这是我自己研究的架构，我们里面有很多组，在交易这个领域做不完，有很多主题，很多项目可以做。

　　程序交易到底会对市场造成什么影响呢？一种可能是资本市场快速进化，有效时间越来越短。以前我们认为寻找一个圣杯就像物理定律一样，这几乎不可能，我们面对一个科学，很多人不知道，曾经很有名海归交易策略，如果还有效就不符合市场上少数人获利的特性。所以，我们就不要研究交易策略，你可能需要更好的工具来研究交易策略，这样才能够跟的上市场进度。

　　有个朋友告诉我一个策略没有效率，可能因为总是市场人群用这个策略剔除另外一群人，当这群人退出市场的时候就没有用了。我们也看到特别地高频交易策略里面，交易是非常有趣的事情，交易里面总是少数人获利。比如你在交易的时候看上去，一个简单的看法。这样子可以给市场一个信息，好象很多人在买，其实是不然，这样的故事是讲不完的，也觉得非常有意思的地方。有些人也在研究怎么扰动市场策略，这是不好的一个行为，有时候会违反一些规范。

　　资本市场公平性也是程序交易的影响，增加市场公平性，但是公平是不可得的。有些人可以作分级信息，有些人可以做其他的等等。程序交易会让资本市场增加，因为有很多原因会加大市场振荡。比如所谓骨牌效应，刚好市场一个小波动触发了，由于一张骨牌连着一个骨牌就产生效应。如果不能被禁止，我们去了解他的行为怎么设一些法规了解他的规范，城市交易也有一些贡献，提高市场流动性，让市场价差减少。匆匆忙忙结束这个主题，谢谢各位的参与。

量化交易的技术环境分析

上海寰融信息技术咨询有限公司首席执行官　李大鹏

今天我主要讲的内容有这五部分,量化投资综述,量化交易环节分析,技术环境综述,技术环境分类,以及案例分析,实际上都是围绕量化投资来介绍。首先量化投资在国内不光是期货界在谈量化投资,而且证券行业他们也在谈量化投资。一般来讲,我认为讲量化投资其实很多人用不同的观点,其实在一个最简单的基础上就在数据的基础上使用计算机实现投资目标的行为,就是一个量化投资。

当然你具体用什么样的方式是百花齐放,所以他底下有一个,我给出几个外延定义,比如说有人叫做投组交易,或者叫做程序化交易,这些都是直接从英文翻译过来的。还有一些叫系统交易,这个东西含义是什么呢?实际也是最早,但是你感觉本质上就是通过计算机代替我们的人为策略制定去进行执行。底下真正讲的量化交易是从英文词直接来的,讲的就是我说的这个定义,核心就是说以数据为基础,用计算机去执行,至于策略你怎么定,都是仁者见仁智者见智。

底下争议比较大的高频交易,你现在听很多人讲 HFT,后面可能会涉及到,也是实际量化投资的一种。底下还有一种叫统计套利,这个用的也是很多的,也是量化交易的一种。实际上在机构上用的是比较多一点而已,我在这讲,今天因为我是从技术角度去讲,我不想去讨论很多真正量化交易模型的问题。因为说句实在话,量化投资不管是程序化交易,高频交易,核心盈利本质是你模型好坏,但是很多人都忽略了一点,你模型有时候写得非常好,但是肤浅,就忽略了技术环节分析,你再好模型真真正正在计算机里面算,但是你拿到的信息他的质量不好,你算出来的东西可能并不是反映真实的市场情况。

第二点即使你得到非常高质量的信息,而且你及时算出来了,用你的算法做出决策了。我们大家都知道,你把报单送出去以后,并不是按你理想情况执行了,所以说就是我们俗话说的手工操作,大家各位如果在市场都知道,你抢单抢不着,也赚不着钱。但是从量化交易来讲,这个问题同样存在,这就是我们要讲技术环境分析,为什么会造成这种情况,这是我今天要说的。

所以，关键因素里头，投资模型不是我们今天要考虑的东西。真真正正能拿出来公开讨论的模型都是不赚钱的模型，凡是赚钱的模型谁也不会拿出来跟别人分享，我告诉你这是一个铁律。所以，我说教授网站上，当然作为教育去教育后来者，或者让大家朝这个想法去做公开讨论算法是对的，我完全支持，我希望哪天也到教授网站上去看看。但是我知道美国非常有名高频教育网站，你甚至没有盈利的记录，他都不让你进去，你不能成为他的会员，这个你们可以去找找。

所以，我们不讨论模型。但是交易成本、风险控制这是大家都要讨论的。我说的市场数据，实时行情，还有历史行情，再加上其他非常重要的最后一个，信号。因为什么呢？交易信号，这个交易信号是买方跟卖方，作为卖方交易信号是什么，作为买方交易信号又是什么，你在设计你自己的算法时候，这点不清楚设计东西不适用，我不会说你设计反了，但是不适用。

还有我刚才讲的执行程序延时度一定设计好，中国的期货市场，股票市场，执行程序的环境到底是什么，也是我们今天要讨论的事情。这个实际最主要一点就是延时度的问题，还有参数控制。最后一点就是系统环境，系统环境里头我说了一个是单市场质量，比如说金融期货交易所他的单市场质量是什么，如果在后边讲多市场有效性是什么，我既然要做这种无风险跨市套利做沪深300，我在金融期货交易所他的环境是什么我们了解清楚了，但是你做无风险跨市套利一定要到股票市场做反向套利，他的市场是什么，能不能实现这种无风险的套利策略，你设计模型理想很好。

各位今天都知道，在现货市场是不满足我们这个期货真正无风险套利的。那你的算法应该怎么去修正，这从技术角度驱动我去想这个问题。当然我在这列了一些，我列了最基本标准教科书的算法，参考书我搁在最后，算法的分类以关键因素去分的时候，以时间表怎么触发，以时间基准，有交易量基准，还有一个是比例，所以是量比，前头这几个是非常流行的，你要研究量化交易一定要懂这几个基础模型。

底下这个是动态标杆，以价格作为动态标杆，还有做比例的东西。底下动态标杆，我不知道中文叫做什么，Price Inline，还有 Market On Close，这就是基本几大类。这不是具体做法，我就不忽悠各位没写出来。核心交易模式我们讲技术模式，在技术上有几个比较大交易模式，它的对比，好坏对比，我大概列了一个表在这，这也是参考书上有的，但是各位可以看一看，是什么呢？他主要有四大类，两大类里头的四种，一种就是中间手工的，不知道你们喉头能不能看的清楚，喉头三个都是属于直接连到市场，市场用电子化交易的。电子化交易里头有三种，一个就是DMA,另外一个就是非常有名的暗池交易,你不是机构也没有办法做,他一般都是机构做的。

最后这个就是很有名,根据你的反应速度,持仓短,有高频交易,低频交易,喉头会进行减少。各位可以看到,我们不讲仔细什么,他几种交易方式从技术角度来讲,有效性上头,可以看最强的就是比较好的我用红的标出来,算法交易前两项从容量和速度来讲是最好的,所谓容量讲的是什么呢?你可以使用的资金量,你用来去做的东西,因为有的东西你资金打的时候实现不了,所以资金量是一个限制,你一定考虑这个事情。

还有一个控制度跟透明度,所谓透明度就是说,因为欧美市场很讲逆命性。这一点透明度对市场信息披露DMA是最强的,是这么比的。所以,各位来看,从总列来看,各项指标评下来,算法交易平均值最高,因为有四项是最好的,有两项是弱的,其他都是中的。所以,你可以看出平均数最好,从技术环境角度来讲。我们下一步去仔细看一看,他有一些什么东西。

首先我们讲量化交易环节分析,参与者的类型。其实两大类,就是买方跟卖方,我说的买方卖方各位在期货市场比较知道无论是买一个股票,卖一个股票,我在期货市场我是看多,中文老讲不明白,你是买方还是卖方很难讲。我讲的这个买方卖方是你在市场里的地位,所以卖方是谁就是机构。咱们以这个债券为主,如果我是债券发行商我肯定是卖方,我只要把它发行出去才不管他平不平仓,我发行完了就行了。

买方就不一样了,你买了这个债券,你就要想这个债券达不达到我的盈利目标,达到之后我要不要卖出去。所以,各位如果你是投机的话,我说的投机期货市场投机产生流动性,是一个非常好的参与群体,你是投机的投资者的话,你肯定是买方。因为你要建仓以后要平仓获利,卖方他只是把这个交易完成,至于他后面没有什么后续的平仓获利问题,你说他卖出去建仓了吗,建设不建仓。当然在期货市场不一样,你只要是开仓就有仓位,就要想到平仓获利的问题,所以期货市场基本上是双方买方市场,如果是套期保值买方至少持仓在一个星期以上,这是我们定义。

所以,你一定要清楚市场参与者是谁。我做投资策略的时候,这个策略是完全不同的,从技术角度来讲你的要求也不一样。有的时候我买了这个系统,他说他能赢钱,为什么我用的不一样,其实一个本质你把这个决策给用错了。底下讲这个历程,实际上量化交易流程无非就是这些,行情坚守,决策制定,交易执行,结果处理,风险监测,还有后面很多人忽略了获利退出,是专门一个环节,不是你一个模型里头的东西。所以,你做模型流程的时候,如果缺了这个模型,我开了仓什么时候平仓获利,你这个环节不考虑好,开始设计模型就不设计好的话你就麻烦大了。

所以,最后一点也是属于每天晚上要反思,我获利了也要反思,我亏损了也要反思的参数反馈,你不做该亏钱还得亏钱,你说赢钱可能今天赢了明天人家做更好模型就亏了。这些环节大家都要注意,后两个环节往往就忽略了。当然量化交易的目标,刚才我说了买方的目标跟卖方目标是不同的,举个例子,因为我没有详细列在这。卖方他唯一的目标是什么?我们在股票市场来讲,量化交易可能在期货里也相同,你有大量的持仓,你要在市场上抛出的话,或者买入的话,你的目标是什么,最高的目标就是用最低的成本完成这个交易,这个交易完成我就不管了,因为我没有平仓的问题。但是这个时候你要做的是什么,所谓的要是用最小的成本是什么,就是真真正正在市场这么透明的一个市场如何去隐藏你的买卖方向,让市场不知道,这是你制定策略的时候最重要的一点。

所谓量化交易最早就是从这来的,我有 100 万股,比如 IBM 股票,我为了不引起市场价格波动,我会拆成一万份,在不同所有能交易的市场去投,让别人不知道我的交易意图。这是真正量化交易最早的名词就是这么来的,当然后来很多人卖方,其实卖方算法发展非常完善,所有的投行都有自己完善的卖方算法,这是很早就有了。而只不过像我们讲,买方后来也跟随,我发现市场价格动的时候,第一我要从价格动向里探索出来卖方意图,我不管意图只要发现就做短期交易,所以目标完全不同,控制参数当然也就不一样,我就不细讲了。

技术环节,真真正正细节,各位每天你要在设计算法已经接触到了,首先一点所谓算法交易,量化交易他的一个源头就是交易所的行情,你这个数据拿到的行情质量如何,你怎么去评判,还有一件事,像我们大家可能都是做期货交易都知道,我们国内 4 家期货交易所大概发出来行情是统一的,都是 500 毫秒一次打包。你接到以后,一解包看起来是逐笔,实际上是 500 毫秒之后的事,你看的是历史,你根据这段历史去测制定我的投资策略的时候,你已经晚了 500 毫秒。所以,你读到的这些报单,成交都不是当前在这个交易所撮合最前端的东西。

所以,交易所行情你要了如指掌怎么去处理,这是我说的延时处理。实际上有一个算法,我看了所有谈算法交易的书上都忽略一个,我就在这提醒各位,这个其实从数学上来讲很简单,你怎么去做差值算法。他这个差值有两种,一种是历史的,我没有拿到的数据,我去做差值补充。还有我做预测的时候,我拿的是 500 毫秒之前,我要执行的订单很可能是 500 毫秒之后,加在一块差一秒钟,这是一个灾难性,决定性的延迟。所以,预测的差值跟历史回顾的差值,你用积分其他复杂算法也可以,我们会谈到你做这个算法交易模型的时候,这个模型越简单越有效越好,因为计算机不允许你多做,几毫秒都是灾难性延时,所以差值是最简单方式,但是你要做的有效,怎么去做很多人没有注意这一点。

还有历史数据库的引用,因为所有的算法交易其实各位你要做设计都知道,我是根据历史数据去判断将来的走向,统计分析的。但是这个时候做的时候,引用的数据越少越好,原理其实很简单。我引用数据越小,我想的时候越少。但是你少的时候是非常快速地反映了,但是这个反映你数据引用的时候少的时候,你想的不精确,这时候怎么做平衡,这就是做测试的时候,真正做算法研究的时候怎么做,这也就是挣钱的人,我相信做的好模型都在这种小的地方,比别人高出一筹,你要时刻问自己我这个模型是不是能再简单,结果能不能做精确,我说每天晚上最后一个环节交易回复就是这个问题,不断问自己怎么简单模型再简单,准确再准确。

当然了,决策制定的时候目标一定要明确,我说的决策制定是交易决策,执行问题,在下单之前,其实这跟人工完全一样。你下单的时候!你这个目标一定要明确,我在什么价位成交,这个价位能不能成交,这个策略很多人忽略一个参数,叫最大可执行度。什么意思?其实说白了各位天天在干的,那会我还在交易所的时候知道,每天下午一点半一开始你接单子,你送一万张今天抢到一张就可以下班了,你不抢到单子就没有盈利的机会。所谓最大可执行度,你在送报单出去的时候,不要想最佳点,你要想想人家抢到最佳点,我抢第二个最佳点,或者第三个的时候可能性多大,我损失一点点利润,但是我只要能执行我这个单子就能获得利润,这是最重要的一点,做这个模型设计的时候。

当然了底下的策略执行,所谓策略执行在我们国家市场没有那么复杂,我们就是单市场,一个市场交易一种品种,没有跨市场的问题。但是你在美国市场,我给你讲,比如股票期权,一个股票期权可以在6个交易所进行,每个报价和交易成本不同,我怎么去分,把这个单子分成多少份去做。当然在中国市场这个很简单,你们可以不考虑,但是一旦某天你到境外投资的时候要想这个问题。

还有结果分析,所谓结果分析是什么呢?我把这个单子成交之后,拿过来了,我要看我的盈利目标要不要调,因为你的成交价位可能不是真正你送出去的价位,我真正盈利的时候是不是能达到,别到最后还按原始价位平仓了,你最后算下来交掉手续费之后反而亏钱了。所以,所谓成果分析是成交成果分析,你在开仓的时候,这就是买方一个特殊要考虑的,卖方他用不着考虑这个问题,我只要成交我今天就万事大吉了完成任务了,因为这是国家给我几百亿,像央行债券发行一样,今天 180 亿我只要把 180 亿谁给我认购完就行了,你说央行什么时候平仓买回来获利他才不想。

在技术环境分析里头,就是我刚才说的投资者环境里面就是我们要说的,数据接受,你接受。当然交易所的行情各位都直接从交易所行情发布服务器上收来,但是我知道大家可能一定要测你的接收服务器延迟跟交易所送出来延迟。我问问各位,你心里有底没有,你延迟是多少?你们都答不出来,上汽所期货大厦跟张江之间,这两个主机之间如果要切换的话,这两个之间的延迟说是忽略不计,但是你要到微米级是有差别,因为大厦跟张江之间有 25 公里区别,尽管是光纤。你说你接收服务器搁在大厦里,但是你今天发布机在张江,发出来东西是一样的吗,你这个算法能保证你今天设计盈利吗,这些东西精细点心里要有数,我不是说到时候哪一天切换你会亏损,其实你不会亏损,但是你心里有数之后,算法参数怎么调这是一个精细的东西。

还有成本因素,不光是说交易所的收费了,还有一个我在这一个单子执行的时候,我这个单子下去,很多算法是这样。比如趋势型交易,各位都知道趋势化交易不是那种价差套利是追这个趋势走的,你追这个趋势走的时候,你这个成本分析要没有,你追到什么时候为止,非要到成交,成交以后回来一算,今天价格不到,最后你平仓的时候把手续费一交反而还亏本了,这种东西怎么算,这个模型有没有在算法里头,这个都是要做的。

当然底下通道环境会员,可能是期货公司给你提供的这些东西好不好,有的期货公司说我的服务器是旧的交易所托管里头的,其实我给你这个没有太大区别,关键在你的算法。如果我是期货公司,我的机器就在交易所机房里,他们就隔了一层楼,2、3 楼的问题,但是问题在这了。他的机房发出来的东西是一样的,可是你真正接受的时候,你的模型算法服务器在什么地方,你这个通道能不能解决时差问题,你心里有数吗,如果没有数的话,你光把服务器搁到最近的地方是一点用没有。

所以,这个东西我说的就是整个一个全链条。为什么刚才说流程呢?刚才说的那个流程里我没有画图,因为时间不够。他每一个图形中间都有技术的服务器跟你的运行地点因素在那,你把它都画出来,看看他每一个延迟是多少,就知道你这个算法要调整多少了,这个非常重要。当然了交易所的监管措施,跟行情发布,还有撮合效率,我所说的监管措施是什么?现在交易所,比如说每天开仓总数限制大概是多少,我离开交易所一年也不去看。这种类似的,你在监管措施允许的程度下,你能不能去实现你的模型,如果你的模型一天一定要交一个 500 笔才能盈利的话,那就不就歇菜了,第二天行情不一样你还做什么,监管措施很重要,不是开玩笑的事情。

还有一个行情发布,撮合效率。撮合效率第一你要心里有数,跟各位讲一个实话,上汽所,大商所和证商所他们撮合速度不一样,跟你成交率也是非常有关的。所以,这个东西你要没有测过,实战地测过你设计模型也等于留了一个洞,你都不知道为什么不成交,你的模型为什么不好。通讯网络各位都知道,但是我为什么不想多说,这不是咱们管的事,是电信的事,但是你一定要想到别让他给你掐了,就跟陆家嘴一样一施工把光缆给挖了,这你找谁去。

我们刚才实际上已经基本谈过了,各种量化投资技术环境综述。我现在把这个列出来,大家看一下。国内期货市场这个行情延迟,我刚才已经说了 500 毫秒,这个东西是一个硬指标,你在这个环境下,我怎么去设计模型,但是有一点如果你拿那个模型,比如像教授说的,我把这个模型做的很成功你搬到台湾去了,我相信 90% 你会亏钱。台湾行情延迟跟大陆是不一样的,是不是 500 毫秒我不知道,没测过,香港也不一样。美国大概行情延迟应该是在 50 毫秒,这就是为什么美国模型拿到大陆来,往往全输钱,就是这个地方,这是一个很关键一点。你看的是 50 毫秒行情反映,结果你拿到国内之后我这个同样在美国赚的一塌糊涂,到这里必定赚,这不是胡扯的事,我这个历史数据拉长了 10 年。美国 200 年历史,你拿到中国来也学,中国 5 千年的历史,人家拉长 25 倍,你怎么去不一样的事情,这是同样级别。

还有一个国内期货市场持仓限定,其实国外也有。持仓我没有看到仔细,扯单在国内是 500 次/天,当然 500 次以后,反正各个期货老总就开始接到电脑你怎么扯单超过了找客户停止。芝加哥我知道,你大概一个小时或者多长时间你要扯单 50 次当天罚款,不仅不让你做,所以国内还是比较人性化的,你以为中国期货市场监管严,还是非常不错的,中国哪个交易所罚你款了。

停板限定,所以说这个也是一个成本,我说成本因素刚才已经提了不重复。现在国内证券市场,其实他也在考虑这个事,为什么? ETF,基金也在考虑量化,确实在国内卖方市场最早,其实国内也在做,当时我们国家上证所深交所有一个特点,叫做大宗交易平台,但是一般人不能参与。另外一点,如果很多人就是要在二级市场去卖的话,你怎么去做,这个行情怎么做。我知道上证所也在研究这个事情,另外国内证券市场为什么他是纯量化交易在国内只是卖方市场,没有买方市场就是后边这个原因,证券就是 T + 1,你得等明天行情变了。

当然我们做期货做惯了隔了24小时一个天上一个地下,股票还比较好还可以睡觉,至少不会差那么远。可是他这个T+1,实际上不能做,至少我们高频交易现在不可能做的。我知道欧美市场也不可能做这种高频,高频交易都是在衍生品市场,欧美都一样,股票不行,还有一个停板限定也一样。我为什么说国内OTC市场,国外有一些OTC市场也在研究量化交易,我是想不明白,这个从哪去做,所以我搁了一个问号在这,各位可能比我更有体会。

我们国家最明显一个OTC市场就是银行间拆借市场和外汇交易市场,我就琢磨不出来哪些人怎么去做量化交易,他报价都是公开的,而且OTC本身就是大单一笔几十个亿,反正咱们两个人一谈完成交够行了,也没有必要隐藏什么东西,也是一个封闭,就2千个会员其他人不能介入。通信网络已经讲过了,现在期货技术可行性分析,本来想找几个例子咱们聊一聊,但是我现在时间已经超了,就跟各位讲一个。

黄金跨市套利量化交易,各位都知道,上海期货交易所有黄金操作,我不知道各位谁试过,我能在这讲就不做这种交易。我从来不讲一句话了,没准我去做交易了,可能你们有这种体会。黄金跟他这种T+D,和上海黄金期货交易的套利怎么个套法,各位可以研究研究,很有讲究,有一个固定价差,好象是100块人民币,你要弄好跨市套利是稳赚钱的地方,你模型弄不好可能两边亏钱,亏了别找我,赚了念着我行。

所谓高频交易,现在大家争议最大,不光是我们在讨论这个东西是不是在哄抬物价还是什么,美国证监会从去年5月6号股市大跌又开始重新做了,其实美国对高频交易批判不仅这一次,87年那一次就在使劲批判,中间那几次只要股市有大跌批判高频交易就一定有。反正,他们苗头一致对准高频交易。所谓当日无持仓,他的一个特点你们也想得到,他基本不看基本面,股票你能做,股指你要能做用不着看基本面,就看几苗种几个价格位变化,我只要算法做对了就可以盈利,而且盈利了我马上就走。所以,你用不着看基本面,就是一个纯行情的博弈作为技术分析。

我所说中频就是隔日持仓到一周之内持仓,一定跟短期行业信号有关的。所以,你不看行业,你只看高频一样纯看技术基本面,我看价差等等,但是你只是隔日持仓,你没有行业基本知识你这一个礼拜持仓绝对是赌博,不是一个理性的投资。所以,这个要做。一周以上,我说卖方还行,我们讲套期保值经常一个月,而且要持仓,他是对宏观经济对自己的实体经济走势需求,你如果也是跟踪这种,在你模型里也要去做这一把。其实这个东西大家都知道,如果这个是低频交易,你只要走对了是真真真正赚大钱,这个没有宏观经济考虑你也不可能。

为什么? 看到我这个 GFT 就是我现在公司,我们为什么做这个事情,我把整个现金流动向跟国家宏观经济提供给投资者,让你也看到我这个市场行情走动,他背后暗流涌动跟宏观经济到底有什么感到。但是这里头有一个非常重要因素是什么,提出一个新的,不光是现在行情数据分析,而是一个新的领域,叫"新闻分析"。

现在华尔街有一种叫话机器人读数据,我们现在也做类似事情。我不光是行情数据数字分析,这个东西已经做很成熟了,一个事件一出来,比如说本·拉登一被击毙,这个事件一出来,我怎么能马上知道他的金融含义是什么,明天各个市场一开市反映应该是什么,这就是新闻分析的一个核心点。实际就是一个金融事件的信号产生,这是我们真正要做的。

当然了我们产品还没有出来,出来以后希望能给大家带来收益。再一个就是跨市场套利,我就不想多说了。现在经验就是在这,成本中套利保险,各位如果你做套利的话,你一定要清楚,我的这个反向,你只要有一个作为是正向,另外有一个是反向你一定要坚持去做,所以算法建议强调一点严格地纪律,这句话一说,我到军队里,连队里军训一个月就成了,不是那回事。第一个非常重要,不管我的单向,为什么在算法交易里我个人不看好趋势化模型在哪,他趋势模型里不强调这个反向对冲设置,你要是无风险套利的时候反向对冲是一个纪律,我必须要做,这是我买保险。就跟各位开车一样,当然现在交给抢险一定要有的,没有就别上路。

还有一个执行纪律的体现在哪,坚持这个参数设置。所谓坚持这个参数设置,你每天要去反思今天的模型怎么回事,这个参数是否反映情况,如果不反映为什么,要不要调,这个东西每天不去做作业,做城市化交易的人不是去逛公园,真正开市最放松的时候,是机器给你做,一闭市就是你干活了。这个东西你要不做,你程序化交易今天赚钱明天就亏。

还有买方执行力度,没准哪天你替客户发行一个东西,发行债券,发行股票,你这个执行力度在这是非常重要的一个问题。我怎么能替客户把这个执行好,但是这个怎么做,今天跟我们期货市场没有太大关系就不多说了。还有一个薄利多销,在算法里面也有一个纪律就是不能贪,你今天幸运可能挺好,你明天就亏了,到了点就走人,薄利多销盈利。

底下这几点不多说了,我已经超了。当然可能南华期货因此上证所都是内部资料,不知道你们能不能拿到,但是第一本英文书书店里面都可以买得到,非常好的一本书,向大家推荐,谢谢大家。

期货交易信息技术网络安全

中国证监会信息技术总工程师 罗 凯

大家下午好,咱们参加这个论坛都是期货公司搞技术的,或者是分管技术的。所以,我想还是从一些面上给大家介绍一些行业的情况。我刚才想这样子,我演讲分为几个部分,首先我觉得还是讲一讲我们为什么抓信息安全工作。大家都知道,我们这个行业的信息系统十分重要,但是我们现在面临的威胁比较大,各方面的威胁比较大。因此,在搞 IT 的人员都知道,有一个风险管理的理论,如果一个重要东西面临着很大威胁,就等于风险。

我们行业高度依赖信息系统,现在信息系统已经成为各个期货公司日常业务运行和风险管理基础平台,信息系统是机构的生存基础。为什么这么说呢?现在我们所有的业务都已经电子化了,全部电子化了,我们行业是信息化程度比较高的行业,系统一旦停了什么都做不了。第二信息技术已经成为一个发展新业务,推出新产品的基本条件和前提。这个是信息技术,可以说是机构的一个核心竞争力。现在所有新业务,比如我们新推出股指期货,系统要跟不上就不能做了。

系统不达标是不能做股指期货的业务,这是一张新的门票。在我们期货监管条例里面也规定信息系统安全,也有相关的法律要求。那么,这个里面就规定了期货公司的业务设施必须要合格,这是一个基本要求。什么是业务设施,IT系统就是最大的业务设施。因此,从期货公司来看,从我们整个行业来看,从交易所到我们期货公司整个是一个巨大系统,我们连接起来才能做,只有会员没有交易所也很难做。因此,是一个巨大市场,整个市场是靠通过通信网络连起来,这是我们整个市场运行的机制。

这么重要的信息系统,我们保障难度是非常大的,为什么这么说呢?第一我们的电子化,全电子化,无纸化程度很高。所有客户数据都是以电子方式提供的,这个数据是绝对不能丢的,这个丢了之后,这个恐怕就有很大的市场风险了。第二是业务连续性影响高,你交易时间必须提供服务,如果不能提供服务的话,恐怕会产生风险,该开张的不能开张,该平仓的不能平仓。因此恐怕期货对信息技术从这个意义上来讲比证券要求还要高。

第三我们整体性要求高,局部中断也不能容忍,不能一部分客户交易,另外一部分客户不能交易,这恐怕也是不行。还有我们依靠互联网,网上交易占比比较高,来自互联网威胁比较高,我们保障难度比较大。还有业务发展快,期货市场发展非常快,相等从交易量上来讲,已经很靠前了,这个系统业务也在不断地发展,升级变更为频繁。主题分散,安全保障水平参差不齐,我们相比其他行业信息系统相比,我们证券或者说期货系统有它的独特性,保障难度更大。

第三是行业信息系统安全面临威胁比较多,一个就是技术故障风险。系统软硬件故障,主要是系统计算机;第二信息技术产品,这个程序很复杂,经常有里面不能发现的缺陷。还有就是供电设施,还有供电设施和通信设施,还有人为因素,系统地设定和实施过程中,如果说你设计的不好,还有系统运营管理不到位,这种情况也是我们一大威胁。

我们现在很多事故都是因为运营维护不到位的原因,还有人员误操作,还有内部人员泄密。还有就是外部系统故障传导,因为我们这个系统不光是我们自己独立的系统,我们要依赖于其他系统,我们要依赖于银行系统,转账也依赖于银行系统。我们依赖于电力供应,依赖于通信部门,如果电力中断,通信线路中断也会对我们这个系统安全运营造成影响。

第四就是不法分子恶意攻击,不法分子攻击方式也比较多。一个是直接攻击我们的系统,瘫痪系统。然后导致他的系统性能降低,或者是窃取数据,这是一种,有这方面的威胁风险。第二攻击用户端,攻击用户这端,盗取账号给投资者造成损失。还有设立期货公司的假冒网站,欺骗投资者。第五是不可抗力,灾难灾害,还有突发公共安全事件,南方冰灾、雪灾、地震灾害我们都经历过。

从另外一个方面来看的话,我们行业信息安全工作要求越来越高。第一是我们现在资本市场功能日益发挥,功能不断扩大,地位也在逐渐上升,国家很重视资本市场的平稳运行。另外一方面,由于系统故障,可能会影响到投资者的权益,影响到投资者公平交易的权益,还会造成很大数据损失。因为涉及投资者权益保护,所以监管部门和我们行业协会,现在加强自律管理的力度也比较大。

投资者和媒体现在对安全问题的关注度也越来越高,比过去要高的多。随着期货市场高速发展,业务不断变化,对我们期货公司有很大的挑战,有压力,也有机遇,更有挑战。有一些新的系统的应用,包括后面我们还有程序化交易这样一些新的方式的应用,对我们系统也可能会有很大影响。

我们现在的现状和问题是什么，近年来，在证监会和期货业协会共同督促指导下，期货公司信息技术水平在短时间内有很大提高，进步很快，成效是很显著。可以从几个方面来看，第一就是从投入来看，经费投入增长很快，基本上每年增长速度大概都是 30－40% 的样子，增长很快。第二是 IT 人员增长速度也很快，每年大概增长 20% 多。这样的话，经费和人员的增长，就可以使得期货公司 IT 的实力增长比较快。

从效果来看的话，一些期货公司在检查调研当中可以发现，机房的设施、通信网络、信息系统改善非常明显。从事故率来看，也是明显下降的。当然现在期货公司信息安全也还存在一些主要的问题：一是因为历史的原因，过去也一些投入不太足，现在一时半会要赶上没那么容易，经费投入系统建设有一个过程，人员增加技术保障也有一个过程。

第二是系统建设与运维管理需要更加规范化，也是相辅相成的。硬件上去了，软件也要相应上去，我们运营规范也要跟上去。第三就是安全防护能力还需要进一步提高，需要进一步加强。因为我们来自于互联网，或者其他方面面的威胁比较大，我们的交易又依赖于它，因此我们在这当中就要多花一些钱和精力来加强保护。

第四个问题是机构之间的水平参差不齐。我们期货公司分类，从三类到一类水平相差就比较大。有些公司重视程度还不太重视这个事，这是一个主要问题。

接下来我想跟大家谈谈怎么抓信息安全工作问题，我们想什么是信息安全工作呢？就是通过一个科学的管理措施和技术手段，两方面一个管理一个技术来提高系统可用性，可控性和防攻击性，来确保系统处理能力满足业务发展需要，确保业务数据安全和完整。我们简单将就是"三防三保"。第一防止自身建设、运行管理出问题。第二是防止来自内部和外部人员破坏，攻击，或者窃取数据。第三是防范自然灾害不可抗力的损失，各有各的措施，针对不同层次问题我们有不同的措施。

三保第一保证数据安全完整，第二保证系统持续可用。跟我们行业特殊性有关，系统的处理能力必须要够，因为有时候交易量突然爆发是我们难以预料的，发生突发事件的时候交易量可能会突然上去，市场环境好的时候可能也会突然上去，这就要求我们的系统要有足够富余的能力储备。

对期货公司基本要求，应该说比较多，我想总体说几个方面，比较重要需要大家关注的几个方面。第一个要保证集中交易和网上交易这些关键业务系统处理能力要够,这个好理解不多说。第二要保证网上信息系统安全防护能力,这个要足够,然后保证我们要有一个合格基础保障条件,这是指我们机房条件,我们供电条件和通信条件,这些安放的条件,基础的保障条件。第四要有可靠的数据和系统备份,这个我们行业最近刚刚出台了针对期货行业备份能力标准。

第五建立健全 IT 治理架构,你公司 IT 治理这方面要完善,IT 技术该决策,高层该决策的决策,该投入多少经费,该投入多少人力,该践行制度等。说到底,IT 制度就是建立一个机制体制的问题。

第六是加强 IT 合规审计,做的怎么样,咱们自己做的怎么样,自己是难以评估的。往往我们接触第三方评估,自己评估也行,外部评估也行,但是定期要去检查自己,审查自己的做法对不对,这样就不断通过这种去修正做法。

第七提高运维管理规范化程度,第八加强应急管理。应急管理在我们这边提的分量稍微重一点,我们现在出了事故之后,其实你最重要就是尽快恢复系统运行,你每多延长一分钟,投资额投资可能就会多一分,对市场影响会多一分。因此,我们对应急能力提的比较高,这些年行业也抓的比较重,大家到现在都做的不错,有什么事都能够及时报上来,处理应急速度也在逐渐提高。

第八是提高自主可控能力,期货公司要能够对你的系统有掌控能力,不能说我是依托外包我就交给别人了,那你自己没有能力来管控他的话,风险就出来了。所以,你自己各方面人才都有,尤其是核心人才,数据库的,主机的,这些人才你自己都需要有的,包括安全,这样能够把控住自己的系统。

这是我谈的公司应该怎么做,借此机会也跟大家通报一下我们行业信息安全工作的方向。大家这几年也都了解,知道我们做了一些什么,我想系统跟大家说一说。总体来说五个方面,一个就是加强技术法规和标准建设;第二加强规划和基础设施建设;然后就是开展信息安全专项治理工作,加强信息安全事件的处理,强化日常监督管理工作。

技术法规和标准我们有一个法规体系,我们今年 1 月份也出台了一个叫标准体系,证券期货行业标准体系。这里出列几个重要法规,一个就信息安全管理办法,还有分证券期货基金行业信息安全管理规范,还有应急处置预案,这个已经发布了,还有事故调查办法这个正在制定中,还有证券期货业 IT 治理指引,期货公司信息技术指引,证券、基金、期货公司网上交易技术指引这些都已经发布了。还有就是证券业备份能力标准,证券期货业信息安全等级保护基本要求已经做完了,正在等待发布过程中。

第二是加强规划和基础设施建设,规划是我们行业花了比较大的精力来做这个事。我们在 2009 年出了一个《证券期货业信息安全发展报告》，也提出未来 3 到 5 年工作行动计划方向，这个是行业里面击中了 90 几个专家，形成一个共识达成一个东西。在此基础上，我们去年制定了 2010－2015 年行业信息化与信息安全规划，这两个东西在未来要指导我们一个方向很重要的文件。

在基础设施方面建设，我们这个行业原来有一些滞后，现在我们这个工作正在加快，因为基础设施建设有利于整个市场节约成本，提高效率都有好处。我们建一个行业的数据中心，第二是行业标准，编码与标准服务中心，还有测试试验室。数据中心要集中保存数据，编码标准中心，我们标准相关的一些编码，有些技术标准服务这个中心将来要来承担。技术测试试验室是我们研发中心，对于一些交易系统关键东西，新的业务上线加强测试，避免由于测试不充分而导致的问题。

开展信息安全专项治理工作，我们每年基本上都有一些大动作。2008 年我们对行业开展远程安全测试，发现很多漏洞进行弥补。2008 年开展全行业信息安全大检查，2009 年开展信息安全大演练，2010 年对 164 个期货公司进行专项检查，2009 年和 2010 年这两年，接下来还要对一些公司进行检查。目前我们正在开展银证银期信息系统联合安全检查，我们跟银监会已经有联合发文了，下一个阶段我们要组织对一些机构进行检查。

这个要解决为什么要检查，现在银证银期出现的问题。还有加强信息安全事件处理，各单位严格执行行业应急预案，及时上报情况，出了事情我们首先要能够报上来。第二个我们要做的事情就是把这个事情查清楚，到底是什么原因，我们不能允许说在同一个地方犯两此错误，如果要避免这样的话，必须要把原因找着，不找着原因始终是隐患。对于有些机构，有些单位承担责任事故的进行追究，对不负责任的行为肯定是不行的，要采取监管措施。

第四个加强风险提示，及时消除安全隐患。我们这个机构公司系统有相似的地方，一个公司可能他出的问题如果具有共性特征，其他公司可能也会出这个问题，我们证监会会进行通报安全提示。所以说，大家收到这个安全提示的时候，一定要抓紧看一看，抓紧去弥补漏洞。这就是我们强化日常监督管理，信息安全工作作为一项重要的日常工作，我们把它来重点抓。

这里面一个比较大的措施就是两项，一个说信息安全跟业务资格联动，这是一个应用措施。不光是期货行业，我们证券公司基金公司也都是类似的做法。去年应该说期货公司大检查的时候，有些公司就没有能够达到相应类别的技术要求，最后没有能够取得金融期货交易的资格。因为你基本的安全条件都没有，基本业务条件都不具备是不可能评你资格的,这是一个。

第二个现在跟分类评价挂钩,其中信息安全指标是六大类之一,有那么一些指标来判定你信息安全风险程度,确定你这个公司分类监管。我们还加强与相关部委合作,因为信息安全的事,信息技术的事不光是我们一个部委的事,我们可能有信息安全主管部门,工信部,公安部我们都有合作。公安部现在在推行保护,到我们行业来都在积极贯彻落实这方面工作。

我想应该从这四个方面来给大家介绍一下,一个是我们的一些认识,这些认识也在不停地加深过程中,不断地完善中,介绍一些对期货公司的要求,行业对它的要求,和我们一些基本做法,还有就是行业的一些重要情况。我想就讲这些,谢谢大家。

期货信息技术指引与备份能力标准

中国期货业协会信息技术部主任　刘铁斌

大家下午好,很高兴今天能跟大家在一起进行交流,也不能算演讲,就是进行一下交流。大家也知道近几年来期货公司新技术系统,在期货业务的带动下,期货公司新技术系统这几年发展很快。尤其随着信息技术本身发展,大家知道这些年包括行业内很多信息技术应用,专业化交易,高频交易很多技术应用,也对我们期货公司在信息技术这一块提出更高要求。尤其协会在 2009 年出台的信息技术管理指引,也推动期货公司在信息技术系统改造,在信息技术人员这块,也是有了长足进步,尤其包括 IT 投入。

2009 年我们也组织了整个行业的信息技术系统检查。当时把期货公司按照信息技术管理分成四类,从技术管理、机房建设等八个方面提出要求。2009 年当时检查结果是 1 类公司申请 71 家通过 61 家,2 类公司申请 57 家通过 56 家,3 申请 15 家通过 15 家。

检查期货公司,《指引》检查发现期货公司存在主要问题,第一是疲于应付,资源短缺;二是重维护,轻管理;三是重当前,轻规划;第四重技术,轻业务,没有把业务和技术结合起来。这是当年情况,这两年好了很多,现在有期货公司专门分了两块,一部分运维,一部分研发。尤其南方一些期货公司,有的期货公司信息技术部 20 多人,有十几个人专门搞自己个性化的系统研发工作。第五就是机房工作差,六是硬件解决方案少。第七备份等重要系统缺位,第八辅助系统增多,缺少集中度。

一些公司没有按照《指引》要求进行日常管理。我们 2009 年在检查过程当中,又回访了一下,检查完一家期货公司过了一个月回访一下,从检查人员离开之日起所有记录都停止,完全是应付。

所以,存在当前这么一些问题。尤其比如像辅助系统,现在辅助系统越来越多,确实大家缺少一个好的平台,来把所有系统都没有整合到一个平台上,这也是一个问题。根据一些问题,当时我们在《指引》检查过程当中,也发现《指引》

也和检查细则存在一些问题,这是第一。

第二我们认为尤其是去年有了这个证券期货行业,证监会搞的信息系统备份能力标准,我们认为对《指引》应该进行一些修订。我们根据谨慎的原则,一个我们对指引一定要相对独立,虽然后来又出了很多,证券期货行业又出了一些相关行业,比如备份能力标准,还有这几年一直贯彻的等级保护。但是我们《指引》一直相对是独立的。

包括我们今年一月份颁布的《指引》修订,也是相对独立,没有说把当时备份能力标准整个全搬过来。大家知道去年当时备份能力标准发了一个稿,那个稿要求很复杂,很严,从六大方面进行要求,包括人员,包括基础设施,包括备份系统各个方面。但是今年大家也看到,我们也给大家发了,现在也正式发布了备份能力标准非常简单就是一页纸。当时我们这一块一直是一个比较独立的,《指引》比较独立,当时遵循的原则也是正确的。

《指引》我们这次进行修订主要是在1类、3类我们基本上没有动,1类实际上有31项是我们把2类标准拿到1类,1类标准比以前要提高很多。那么2类标准中含有原来3类中的5项标准,3类基本上没有动。在这个修订过程当中,一个最重要的变化,第一是人员,从35、7、9调到58、11、15,这是1、2、3、4类,是人员标准大大提高,一个我们考虑期货公司发展趋势还是要有备份系统,不管是同城灾备还是异地灾备。

大家知道证监会颁布办法通知里,如果你自主运维,你可以托管,你的系统可以托管到ITC机房,或者托管到咱们交易所的技术公司的机房,但是你托管进去以后运维要自己运维,每天巡检要自己做,这是一个硬指标了,没有的话,好象是有在分类监管里面给你加分。实际上你没有加分就等于给破分一样,这块对人员的要求,我们认为58,11,15并不高。总共人员技术部门人数占总部人数的不小于8%,这也是从6%提高到8%,也是根据相应要求和未来发展趋势。

现在期货公司有20多个技术人员,从国外期货公司来讲,和相应的证券金融机构,基本上人员占比都是30%以上,IT投入也是在他整体全年总投入占30%以上。我们现在IT投入是达到了,因为我们利润少。所以,IT投入我们在09年已经是30%以上,当时平均每家期货公司一年投入300万,证券公司09年那个时候大概平均每年证券公司IT投入7千万,占他利润7%,行业之间差距还是巨大的。

第一,主要是人员这一块,第二,稍微一些细节。比如在1类里头,检查应建立负责本公司信息技术规划,还有检查你是否召开会议,查看你会议记录。另外对离岗人员也是强调了对离岗人员进行严格管理,公司一定要有制度,有相应交接手续。设立两名技术联络员负责组织协调,处理和信息技术管理交易所等相关单位,中期协和存管银行等单位和部门的联系方式。

这一系列都是从 2 类增到 1 类。只要写的必须,新增,带黄色都是修改的地方,包括2.2.1,这个相当于提高要求,1、2、3、4 类都会在相应修改。还有前面录像,至少保持 90 天,原来是 7 天,现在增加了。包括 2.2.2,这是从 UPS 供电时间,从断电到发电机启动响应时间 2 倍,原来只是响应时间,现在只响应时间如果到不了怎么办,所以响应时间 2 倍。

还有 UPS 至少支持 4 个小时,半天时间等等。这也是一些细节,生产网与互联网实现有效隔离,还有补充协议书,这些都是新增,有很多从 2 类直接拉过来,我这里不详细给大家展开介绍。营业部这边全按现场交易处理,营业部应为部署应该是独立的房间,用里放置开展业务。各级证监局对营业部要求非常高,有的还需要配备发电机,这是我了解到的。

所以,《指引》这一块这一次我们改的并不是很多,尤其是 2 类、3 类改的很少,3 类只是人员,4 类只是人员进行修改。这就牵扯到今年不是我们又放开,大家可以申请最高级别检查,北京这边有一些家也在申请。申请我们截止日期是到 6 月 30 号,在 6 月 30 号之前所有的准备工作都要做完,就是按你申请相类级别,相应级别,比如 2 类升 3 类,你 3 类准备工作要做完。但是你相应记录,并不一定说从一年前就要有,至少我们过去检查的时候,你应该是按照 3 类级别,如果不出意外可能 7 月中下旬启动检查工作。

但是你所有记录都得有,你从 2009 年或者 2010 年初你公司被检查完之后,10 点开始到现在我们再一次接受检查,这段时间所有相应记录都应该有,这时候我们会随时抽查你任何一个交易日的记录都应该有。另外今年检查会比 2009 年严的多,因为 2009 年是强制性检查,原来没有过的,给大家准备时间比较短,今年已经过去将近 2 年时间,大家在这方面应该比较有经验了。所以,这块你申请多高级别,即使没通过也没有关系,你没有通过还是原来级别,可是对你将来申请相应业务类别会有影响。

但是,我们这次会很严格,你一项通不过可能都不行。那个时候,我们可能边检查,边帮着大家来搞说你怎么搞,怎么做,晚上加班把相关文档补充了就可以,今年检查都不可以。你是什么东西,就是什么东西。所以,你们要是去准备的话,自己内部哪怕先自查一下,或者你们公司自己交叉检查一下,把这个先准备好,不要有任何侥幸心理,觉得我这个差不多就完了。越早申请越好,现在

《指引》没有大改,将来我们如果说3类,4类,我们明年,或者今年下半年继续修改《指引》的话,可能将来要求会更高。

大家知道很多业务类别,你有需求就尽快。3类包括灾备这一块还是可选的,以后保不定就是必选项,这是《指引》一个大致的情况。备份能力标准这一块,大家也知道,去年实际上证监会信息中心、证信办和深圳交易所他们当时搞的整个证券行业期货行业备份标准,在去年我们几次培训上也是请罗凯总工程师做过几次演讲,把整个标准介绍一下,到去年底由于监管部门对整个备份能力理解发生重大转变,所以整个备份能力标准相当于重新颠覆式进行修改,原来是很厚很厚,现在就是一页纸,最重要就是一页纸。

现在认为灾难和灾害毕竟是小概率的事件,平常更重要的是大家日常的故障备份能力是最重要的。从去年我们统计情况来看,全行业实际上,报给我们的大概有100多起事故,构的上安全通报的,证信办当时发布的安全标准的有20多起。2009年41起,2010年23起,但总的来讲在故障这一块,还是比较多的,而且这只是报上来的,我估计报上来的可能只占三分之一,可能真正发生的占三分之一,就能够上报的。很多大家能处理,能很快解决的可能就不报了,也有可能。

从现在来看就分为四个放一个是数据备份能力,故障应对能力,灾难应对能力和重大灾难应对能力。数据备份是所有公司都要求的,故障备份能力,故障应对能力,这是几个定义,大家一定要知道。故障应对能力是指发生软硬件故障等原因,造成信息系统所支持的业务功能停顿或者性能指标严重下降情况下,确保信息系统及时恢复和继续运作的能力。

灾难应对能力是指由于火灾等原因,造成信息系统所在数据中心不可用。可能你这个楼发生问题,比如火灾,发生爆炸,我们定义为灾难。重大灾难,像地震,日本这会关东地震等等造成整个所在城市,或者地区,这个电力通信,交通严重瘫痪,或者人员伤亡情况明显,造成异地备份系统恢复,主要分为这四个方面。

对于数据备份能力从备份频率,保存方式和恢复验证等三个方面进行要求。数据备份能力看到1、2、3、4、5、6级基本上都一样,每天至少备份一次数据,每个季度至少对数据备份一次,进行有效验证。故障应对能力,这个地方有差别了。从第二级开始,RTO小于一个小时,RPO小于5分钟,备份系统小于需求处理能力,原来我们定100%,80%,60%,现在都不定了,只要能满足业务需求处理能力就可以,现在定的更人性化了。

二级是这样,三级RTO小于30分钟,RPO小于1分钟。四级RPO小于5分钟,RTO 小于 30 秒。4、5、6 实际上是一样的,对于故障备份能力是一样的。但是在地五级我们有一个灾难应对能力,相当于你需要建设同城灾备系统,RPO 小于 12 小时,RTO 小于 5 分钟。

重大灾难应对能力实际上更人性化,RTO 小于 7 天,RPO 小于 12 小时,基本上一天。如果发生地震,重大自然灾害的话,实际上系统是慈爱的,就任是重要的。这一块大家可以看到边上,这个还没有实施。现在这个备份能力标准已经发布了,但是现在三个业务部门机构部、基金部、期货二部,现在还要发一个相应的,他们相应监管公司,包括证券公司,基金公司,期货公司应该达到什么级别。这块是我们现在设计的一个草案,还没有公布,就是一二类公司门户网站系统至少做到数据备份。

一类公司核心交易系统和网络交易系统,以及三四类门户网站系统应该能够达到第二级的标准。你 RPO 一个小时之内要恢复,二类期货公司网上交易系统和网上交易系统,现在能够达到三级的标准,就是 RTO 小于 30 分钟,RPO 小于 1 分钟。2015 年以前,一类期货公司核心交易系统和网上交易系统应该达到三及水平,这是我们现在设计,但不是最后定稿。

三类期货公司核心交易系统和网上交易系统现在就应该达到四级标准,现在所有证券公司都是按照四级标准。我们实际上还是分类的,我们二类和一类共四个,相对要求还低一些。2015 年前二类期货公司核心交易系统和网上交易系统应该达到四类,三类期货公司在 2015 年之前应该核心交易系统和网上交易系统应该达到应该要有灾备,也许我们可能会调整,2015 年三类公司要有异地灾备。

现在是四类公司一定要有异地灾备,备份能力这一块,去年颁布当时的备份能力标准版本之后,大家一直在报预算,在建设灾备系统地细化。现在这块可以暂时先放缓一下,除非我想你们要是搞双中心的模式,我觉得那还可以搞,你如果灾备这一块同时你也用起来,我觉得你这个建设有意义的。如果你纯是灾备系统,就在那放着,等到出现紧急故障的时候在切过去,效率还是比较低的,除非监管部门有明确要求你们再建也可以。

但是热备系统一定要有的,备份系统应具有满足业务需求处理能力,能做到出现故障能够及时切换热备系统,消除单点故障这块一定要做到,无单点故障。所以,备份这一块来讲,包括我们现在监管部门也有相应要求,你在一个托管机房内不能超过 10% 的期货公司,全行业 10% 期货公司主交易系统都托管在一个托管机房里,这是不允许的。

原来上汽公司在张江托管机房里就有过这种隐患,当时他们也排查了一下,最后发现有一部分公司是备份系统放在那里,有一部分公司是有备份系统也不算在这个数里,如果按照那个要求不能超过 16 家。现在算下来,他那边有 20 多家,他把一部分转到了清华大厦,也可以满足。现在郑州正在建托管机房,证商所,大商所都在建托管机房,这块大家都可以考虑,不要全都扎在一个地方,确实有隐患。

另外行业内我们中东公司牵头在搞一个大的项目,行业的数据备份中心。今年已经开始启动,这个数据备份中心,将来行业内所有数据包括交易数据,包括客户数据,所有所有的数据,都要在行业数据中心进行备份。但是他这个中心要建成至少需要 5 年时间,这个中心规模很大,占地也好几百亩,规模非常大,应该比张江机房规模还要大。如果所有系统都瘫掉,所有数据可以给你恢复过来,这是行业备份中心这一块,现在正在开始启动建设的。现在他们在北京这一块,六个交易所的交易数据现在已经保存在中东公司这边,现在专门有一个机房。今年能把我们这个行业 90% 以上数据都能够存在这里,这是备份能力标准这一块。大家记住一定要规划,系统要有规划。

IT 投入大家知道是无底洞很大,但是 IT 投入这一块对期货业务支撑也是非常重要的。尤其以前是同质化服务的情况下,以后因为不断新业务开展,期货公司肯定会逐渐地拉开档次,这种档次在两个方面。一个是你的研发能力方面,第二就是你的信息技术这种支持方面,这是两大支撑,很重要的。如果你信息技术这一块跟不上的话,你即使研发出很多产品来也没有办法实现。

下边再给大家介绍一块,去年我们调查的期货公司这一块,现在信息系统大体的一个总体情况。这是证券期货金融机构交易总体规模,从 2008 - 2010 年,有效客户数从 41 万到 164 万,交易从 2 亿 5 千万笔现在到 13 亿笔,成交金额从 17 万亿到 297 万亿,这是一个过程。那么网上交易这一块,原来基本上是 100% 采用网上交易,现在看来从 2009 - 2010 年也有手机交易方式,手机这一块 2009 年占 0.06%,2010 年占到 0.07%,现在交易方式开始多样化。

期货经营机构 IT 投入可以看到,2006 年是 1 亿,这是全行业,到 2010 年是 7.5 亿,增幅也是巨大的。这是 IT 设备这一块,也可以看到现在我们 IT 总产值,资产总值是 9.8 亿,期货行业的 IT 总值 7.8 亿。通信线路这一块,线路的总数量相当于,专线通信现在有 3 千多条专线这是期货行业内。那么 IT 人数这一块,从 2006 年的 713 人到去年底的 2117 人。现在占的比例来讲,是 8.9%,行业从业人员总数的 8.9%。这个是新进入人员的背景情况,具有 IT 背景的高管人数在行业内有 55 人，就是从 IT 这一块当高管的。年龄，从业 5 年以上人员占 16% 点多，本科以上 77% 点多。自建和托管机房这一块，现在总部自建机房这一块，现在有 174 个，营业网点机房现在数量是 1035 家，营业部去年是 1035 家。托管机房现在占 798 个，都是属于托管，机房总面积是这些地

这是自建机房电力系统备份情况，双路供电，有 UPS，有备用发电站占 55 个机房。双路供电，没有发电机占 80，还有单路供电，原来只有单路供电无发电机 09 年的时候统计还有 8 家，现在已经消除掉了，现在至少单路供电还有发电机。这是 UPS 的数量，总功率等等。这是集中交易系统，系统客户支持数，实际使用与设计能力的比值，现在实际使用小于 30% 了，总共系统是 231 个，小于 215。系统日处理，委托比例小于 219，大于 80% 这些都是需要改造的。

这是网上信息系统情况，网上委托站点数量 1464 个，网上行情站点数 1249 个，手机委托站点数量 97 个，直接网页下单有 2 家，门户网站站点数量 161 个。这是网上委托系统处理能力，在 348 个系统里头，小于 30% 32 个，那边是每秒处理大于比例，这些都需要改造，已经超出我们这种规定要求。这是网上行情系统处理能力，总共 683 个，大部分也还是可以，543，410，同时在线客户数实际上使用比例大于 15%，这个也已经快到峰值了。

手机交易系统处理能力，提供手机交易数量是 66 家，这是电话委托这一块。委托总数增长很快，09 年是 282 条，现在是 2840 条，每万名客户配备的电话线路数量从 3.1 到 20.9，这方面还是增长很快。这是银行业务的处理能力，转账，业务处理能力这一块。总共有 164 条线路，基本上也还可以的，大约 80% 的还是占少数，1 到 2 个。

这是数据备份这一块，每天至少进行一次备份的是 158 家期货公司，占 97%。本地存放占 87%，同城存放 78%，异地存放 67%。这一块跟备份能力标准要求还是有差距的，有效验证，每季度至少一次占 93%。本地备份系统备份能力，系统恢复时间小于等于 5 分钟占 150 个系统，这还是不错的。实际上现在应该说恒生，上证平台如果有设备都能够小于 5 分钟能够切换过去，进行恢复，这一块只要热备应该都可以。

同城备份系统备份能力，同城备份只有 19 家公司有，异地备份有 24 家，这一块我们比证券基金占比小的多，证券基金基本上超过 50% 以上。我这是远程通信的一些情况，这个就不做详细介绍了。这是通信线路备份情况，有 8 条线，现在只报上 122 家，8 条线的期货公司有 29 家，7 条线 11 家等等，还有的只有 1 条线。

都陷入双运营商，这是双运营商有 148 个系统采用，占比 37.6%。单运营商还占 11%，单线路，现在单线路还占 51.3%，这块也都是。与银行通信的情况，网上交易身份认证情况，这一块我们协会今年选了 9 家单位进行试点，网上安全双因素身份认证，有的公司是采用 CA 认证方式，CA 证书方式，有的是采用动态口令方式，这一块来讲将来可能还是要强制推广的，现在我们只是进行一个试点工作。这一块可能客户会觉得很麻烦，但是对安全来讲确实是必需的，尤其是以后这种黑客手段越来越丰富，现在对活跃客户来讲一般不存在这个问题，即使你被盗马上就能发现。

但是在证券这边，前些年出现很多案例。这是网络边界防护情况，就不做详细介绍了。这一块实际上，这是自建机房的监控情况，有监控的或者没有监控，这是安全等保。现在存在的以下几个方面问题，一个是托管机房正逐渐成为风险的集中地。实际上大家托管到 ITC 机房，或者是专业的交易所所属机房，确实对提高大家机房整体质量确实有好处的，而且对期货公司减负也是有好处的。本身你在办公楼，写字楼建的机房有很多瓶颈，有发电机，或者没有发电机用供电协议也很难的，ITC 机房都可以解决，但是切忌扎堆，也会成为一个风险源。

第二是行业技术人员整体素质有待提高，第三系统开发商缺乏有效竞争，不利于提供更优质服务。另外，将来落实《指引》还是一个未来工作重点。我在讲一个问题，我们今年开展第三届证券期货科学技术奖励工作，这次是由中国期货业协会我们来承办，前两届是证券行业主办，这是一个很好的奖励机制，可能都会分类监管当中，对获奖会有奖励，但这个没有最后确认。如果大家有一些相应的，比较好的系统，比如你们自己开发的一些个性化系统，或者你们跟开发商合作开发的系统都可以报，我们在周五已经可以上网了，也就是在昨天，希望大家有这方面系统踊跃报名。

在座各公司信息部门负责人都可以自建成为这个评审专家，往年我们评这些东西都是证券专家多一些，期货专家少，我觉得这一块我们也要积极参与。今年是中期协来承担这个工作，希望我们大家都报名，我们证券专家那块表都已经发下去，通知也发下去了，大家可以上网上看。他那个上面写的，大家不要觉得好象写的要求那么高，我们都不行报不了，不要妄自菲薄，大家都可以报，每个公司最多可以报两人，只要大家报我就给大家放到专家库里，一定要积极参与。

包括今年我们搞的营业部培训，我们已经搞了两期，下周会搞第三期，还有第四期。明年开始我们继续启动对期货公司总部技术人员培训，这个培训将来也可以考虑高远程化，网上培训，这块还会继续研究探讨。今后大家有什么工作，问题，需要探讨的，也可直接跟我联系，或者跟我们信息部相关人员联系，谢谢大家。